지옥학교

푸른봄 문학 ⑳

지옥학교

아르튀르 테노르 글 | 곽노경 **옮김**

초판 발행일 2015년 1월 5일 | **제4쇄 발행일** 2024년 10월 31일
펴낸이 조기룡 | **펴낸곳** 내인생의책 | **등록번호** 제10호-2315호
주소 서울시 서초구 나루터로 70, 엠피스센터 212-1호(잠원동, 영서빌딩)
전화 (02)335-0449 | **팩스** (02)6499-1165 | **전자우편** bookinmylife@naver.com
편집장 이은아 | **편집1팀** 조정우 이다겸 이지연 김예지 | **편집2팀** 박호진 이성빈 이동원
디자인 안나영 김지혜 | **마케팅** 서영광 | **경영지원** 김지연

L'enfer au collège
L'enfer au collège © Editions Milan, 2012
by Arthur TENOR
Korean translation copyright © TheBookInMyLife Publishing Co. Ltd, 2015
This Korean edition was published by arrangement with
Editions Milan through Sibylle Books Literary Agency, Seoul.

이 책의 한국어판 저작권은 시빌에이전시를 통해
프랑스 Milan 출판사와 독점 계약한 내인생의책에 있습니다.
저작권법에 의해 한국 내에서 보호를 받는 저작물이므로 무단 전재와 무단 복제를 금합니다.

ISBN 979-11-5723-134-8 (43860)
(CIP제어번호 : CIP2014035174)

* 책값은 뒤표지에 있습니다.
* 잘못된 책은 구입처에서 바꾸어 드립니다.

지옥학교

아르튀르 테노르 지음 곽노경 옮김

내인생의책

차 례

슬픈 현실을 조명하며

2011년 5월 29일, TF1(프랑스 최대 민영 TV 채널)의 '세따위뜨Sept à huit'라는 프로그램에서 어린 중학생의 어머니가 증언하는 내용이 방송되었다. 이 소설의 주인공 가스파르처럼 학교 폭력을 겪은 아들의 이야기였다. 방송이 끝난 뒤, 나는 텔레비전을 끄고 한동안 생각에 잠겼다. 방금 보고 들은 이야기가 충격으로만 끝나지 않고 나의 사춘기 시절을 떠오르게 했기 때문이다. 기억 저편에 아로새겨져 있던 두려움과 굴욕감이 또렷이 살아났다. 중3 초였다. 나는 그 시기를 '암흑기'라고 부른다. 말썽쟁이 짝꿍이 교실을 완전히 쥐고 뒤흔들었다. 이런 말썽쟁이들은 도대체 뭐라고 불러야 할까. 말썽쟁이라는 말만으로는 충분하지 않다. 반에서 두 녀석이 유난히 거만하고, 폭력적이었다. 그 애들은 나를 표적으로 삼으려 했었다. 키가 작아서 그랬던 것 같다. 하지만 반에서 가장 약한, 안경알이 돋보기만큼 두꺼운 '왕돋보기' 친구를 괴롭히느라 나를 잊어버렸다. 녀석들은 치사한 장난을 치고 제멋대로 굴었다. 옆에서 조심시키거나 장난을 말리려는 친구들한테는 경고까지 줬다. 그야말로 우리 반의 무법자들이었다. 게다가 무법자란 호칭을 자랑스러워했다. 한껏 거들먹대던 녀석들의 모습과 이름을 나는 지금도 잊을 수가 없다.

5월 29일 텔레비전 방송에 폭로된 학교 폭력의 실상을 나는 이 책 한 부분에서 그대로 재현했다.

바로 가스파르가 체육 수업을 하러 운동장으로 가는데, 욕을 먹고, 수없이 뒤통수를 얻어맞고, 친구들이 발을 걸어 넘어지는 장면 말이다. 가스파르 같던 우리 반 왕돋보기는 어떻게 되었을까? 실의에 빠졌을까? 아님 반대로 어려움을 극복하고 누구보다 멋진 인생을 살고 있을까? 부디 타인을 향한 증오심에 마음이 좀먹히지 않았기를 바랄 뿐이다. 나는 왕돈보기 친구를 수없이 떠올렸다. 그 친구가 느꼈을 두려움이 내게도 밀려들었다. 난폭한 자들이 멋대로 휘두르는 폭력 때문에 치밀던 혐오감도 되살아났다. 그래서 이런 이야기들을 글로 써야겠다고 생각했다. 우리가 함께 경험하고, 적어도 주위에서 몇 번인가 건너 들었던 이야기들을.

글을 끝마친 지금, 이 책이 누군가에게는 도움이 되리라 믿고 있다. 중학교에서 생지옥을 경험한 엄마와 아이의 슬픈 현실을 소설에서나마 조명해 봤으니까.

나는 텔레비전 프로그램에 나와서 증언했던 어머니, 자클린 플랑 부인에게 연락했다. 몇 주 뒤, 부인은 그동안 겪은 일들을 적어 보내 주었다. 그 이야기도 이 책에 함께 실었다. 꼭 읽어 보길.

아르튀르 테노르

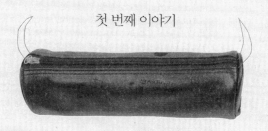

모든 것의 시작

어떻게 이런 일이 생겼냐고요?

저도 몰라요. 걔가 또라이라 그래요.

상담은 블라인드가 드리워진 방에서 진행되어 비밀
스러운 분위기를 자아냈다. 밖은 햇살이 눈부시게 빛
났고, 방 안은 후덥지근했다. 소년은 책상 앞에 앉아
검은색 전화기 옆에 놓인 사진 액자로 시선을 던졌다.
굳은 표정으로 손가락을 꼬는 모습에서 불안함보다는
분노에 가까운 감정이 풍겼다. 침묵이 흘렀다. 건너편
에 앉은 남자는 개의치 않는 듯했다. 마침내 긴 침묵
을 깨고 소년이 입을 열었다.

"어떻게 이런 일이 생겼느냐고요? 저도 몰라요. 그

일은……."

소년이 히죽히죽 웃으며 빈정거렸다.

"걔가 또라이라 그래요. 개학 날 코딱지만 한 배낭을 메고 범생이 차림새로 학교에 들어서는데, 어벙하게 두리번거리는 모습이 딱 봐도 숙맥이더라고요. 새 운동화하며, 바지에 딱 잡힌 주름을 보고 있자니요. 누가 봐도 우리 동네 토박이가 아니었죠. 마마보이 같은 냄새가 솔솔 나더라고요. 좀 사는 동네에서 온 게 분명했어요. 이번 여름에 로지에 주택 단지로 이사 온 걸 봤어요. 저도 거기 살고요. 조용히 살죠. 도시 사람들은 여기 안 와요. 우리 동네는 시끄러운 일도 없고 다투지도 않아요. 나쁜 짓은 한 번도 안 일어났으니까요."

소년은 건너편 남자를 힐끔 보며 반응을 살폈다.

"장담해요. 동네에서는 싸우지 않았어요. 그냥 자전거만 탔어요. 물론 타일을 깬 적은 가끔 있죠. 근데 그뿐이에요. 장난이었다니까요. 전 개학 날 귀여운 전학생 녀석을 보고, 저 녀석이랑 같은 반이 되면 재밌겠다고 생각했어요. 그런데 진짜 같은 반이 되더라고요! 다만 제 단짝인 위고랑 제레미는 재수 없게도 다른 반으로 갔어요. 제가 짝사랑하는 약국집 애도 다른 반이 됐고요. 제대로 실망했죠. 저만 새로 전학 온 멍청이와 한 반이었어요. 울컥 화가 치밀었죠. 정신이 가출할 지경이었어요. 그렇게 친구들이랑 떨어뜨려 놓는 법이 어딨어요? 우리 의견을 물어봐야 하는 거 아닌가요?"

"……"

"줄을 맞춰 서는데 전학생 녀석이랑 짝이 되었어요. 제가 녀석한테 '안녕, 이름이 뭐냐?' 하고 물었죠. 녀석이 '가스파르. 넌?' 하고 묻길래, '난 안토니. 악동 프로레슬러, 안토니님이시다!' 하고 대꾸해 줬죠. 그러고는 근육에 힘을 빡 주고, 프로레슬링 선수처럼 우스꽝스럽게 인상도 구겼어요. 그랬더니 녀석이 살짝 긴장을 풀더라고요. 나랑 친구가 되겠다 싶었겠죠. 제가 녀석의 어깨를 탁 잡고, 우리 학교 박치기 대왕 빌처럼 전

학생 녀석을 마구 흔들었어요. 이게 제 특기거든요. 순간 녀석의 얼굴에서 웃음이 싹 가시더니 얼굴이 새하얘졌어요. 저는 둘이서, 특히 영어 선생님이랑 재미나게 놀아 보자고 했죠. 우리 형이 그러는데, 영어 선생님은 '얼음 마녀'인 데다, 매년 최악의 선생님이래요. 영어 선생님은 항상 애들을 들들 볶았어요. 괴물 취급을 당했죠. 선생님이 신경질을 낼 때 얼마나 꼴사나운지 아세요? 다행히 저는 영어 선생님 눈에 띄지 않았어요. 그래서 체벌, 벌칙 이런 건 다른 애들 차지였어요."

소년은 숨을 한 번 쉬고는 고개를 숙이더니 손가락을 물끄러미 바라봤다. 더는 손가락을 꼼지락대지 않았다. 마음이 한결 차분해졌는지 조잘조잘 얘기를 늘어놓았다.

"어디까지 말했죠? 아, 맞아, 가스파르. 첫 시간에 녀석은 교실 맨 앞에 앉았어요. 아부꾼들 자리죠. 전 늘 벽 쪽 자리를 잡아요. 교실 분위기도 한눈에 들어

오고, 졸고 싶을 때는 편히 졸고, 딴짓도 할 수 있으니까요.

녀석은 책상에 팔을 올리고 수업을 얌전히 잘 들었어요. 저는 저 멍청이를 어떻게 골려 줄까 궁리했죠. 녀석을 제 밥으로 삼고 싶었거든요. 교도소에서 그러잖아요. 텔레비전으로 봤는데 힘센 놈들이 비리비리한 놈들을 노예처럼 부리더라고요. 진정한 약육강식의 세계라고 할 수 있죠.”

“중학교도 그런 세계니?”

사내가 물었다.

“에이, 그건 아니죠. 어쨌든 우리 학교가 교도소는 아니지만, 되도록 약골처럼 보이지 않는 게 좋죠.”

“너는 강자겠구나.”

“당연하죠!”

소년은 알통을 드러내며 허세를 부렸다.

“쉬는 시간에 가스파르 녀석한테 가서 슬쩍 떠봤어요. 좀 걱정스러웠거든요. 사실 제가 레슬링 선수만큼

근육질은 아니잖아요? 가스파르는 말랐어도 키가 커서 힘이 셀 게 분명했죠. 그런데 속이 물러 터졌더라고요. 어쨌든 첫인상은 그랬어요. 그게 다예요. 첫날 받은 느낌은요. 무슨 얘기를 더 해야 하죠? 녀석이 왕따 당한 게 제 잘못은 아니에요."

휴, 다행이다.

한 명이라도 친구를 사귀어서.

가스파르는 개학 날이 싫었다. 원래 혼자 있기 좋아
하고 조심성이 많은 아이여서 그렇지, 성격이 괴팍하
다거나 사람들과 어울리지 못하는 건 아니었다. 그저
학교 운동장을 휘젓고 다니며 장난치기보다는 조용하
고 평온한 일상이 좋을 뿐이었다. 길고 긴 방학이 되
면 늦잠을 자거나 비디오 게임에 빠지는 대신, 넓은
땅에 숲과 연못을 소유한 삼촌네에 놀러 가서 쌍둥이
사촌 형들과 자연을 관찰하곤 했다. 밤이면 천체 망원
경을 꺼내 들고 느긋하게 하늘을 보며 위성을 찾고 별

똥별을 살폈다. 엄마들은 대개 아이들이 텔레비전이나 컴퓨터를 켜 놓은 채 잠들어서 열 받곤 한다. 하지만 가스파르의 엄마는 달랐다. 가스파르한테 책 좀 그만 읽고, 잔디에 누워 시 좀 그만 읊으라는 소리를 입에 달고 살았다.

가스파르는 학교생활로 돌아가기가 싫었다. 학교로 돌아가면 방학을 어떻게 보냈는지, 가족들이 어땠는지 자랑삼아 지껄이거나 투덜거려야 했고, 녀석들의 신발 상표를 은근히 신경 써야 했고, 자기네들끼리 규칙을 만든 무법자들도 경계해야 했다. 가스파르는 올해 유난히 개학이 싫었다. 부모님이 이혼한 뒤 괴로운 마음을 애써 감추는 중이었다. 엄마와 아담한 주택으로 이사해서 학교도 옮겨야 했다. 평온한 도시로 유명한 곳이었지만 예전 학교와 거리가 멀었다. 그래도 새 친구를 몇 명쯤은 사귈 수 있으리라는 희망으로 두려움을 안고 미지의 세계로 들어섰다. 다행히 가스파르는 호기심 많은 엄마를 닮아 새로운 세계에 관심을 가졌다. 달라진 생활에 적응하고, 처음 접하는 과목을 공부하고, 전 과목 선생님을 새로 만나고, 소외 지역에 사는 학생들과 뒤섞여 활기차게 지내자고 다짐했다. 하지만 가스파르의 엄마는 걱정스러웠다. 그래서 가스파르가 새로운 환경에 빨리 적응하도록, 그동안 겪은 일을 토대로 '행동 요령'을 줄줄이 나열했다. 이를테면 다음과 같았다.

"덩치 큰 녀석들이 힘자랑하려 들면, 그 애들 눈을 똑바로 보지 마. 눈을 내리깔고 멀리 떨어져서 피해 가도록 해. 괜히 친절한 애들도 조심하고. 여자애들이랑은 거리를 둬."

그 밖에도 이러쿵저러쿵.

가스파르는 악몽에 시달리기 시작하더니, 디데이가 다가오자 더욱 숨이 가빠졌다. 멋모르는 엄마는 한술 더 떠, 가스파르한테 새 옷을 입히고, 성당 신부님의 시중을 드는 복사처럼 머리를 꾸며 줬다.

다행히 가스파르는 불안감을 몰아내는 방법을 이미 터득했다. 과학 잡지를 꾸준히 읽고 얻은 지식 때문이었다. 가스파르는 쿠에 박사가 제시한 방법이 가장 마음에 들었다. 박사는 자신을 굳게 믿으라고 조언했다. 그러려면 긍정적으로 생각하고, 마음을 달래 줄 문구를 찾아 반복하라고 했다. 가스파르는 흔들리는 결정적 순간에 이걸 되뇌면 이겨낼 수 있을 것 같은 문구 하나를 정했다.

'다 잘 될 거야. 난 잘할 수 있어. 난 두렵지 않아. 개학은 좋은 일이야. 다 잘 될 거야. 난 잘할 수 있어.'

가스파르는 '다 잘 될 거야. 난 잘할 수 있어.'라는 문구를 '우울증 환자'라는 텔레비전 개그 코너에서 따왔다. 배꼽을 잡고 웃던 개그라, 문구를 들을 때마다 마음이 편안해졌다. 이 문구 때문에 학교 정문에 들어서며 걱정으로 속을 태우는 엄마와는 달리, 가스파르는 편안한 표정을 지을 수 있었다.

선생님이 이름을 부르자, 한 소년이 1학년 반 세 번째 줄로 와서 가스파르 옆에 섰다. 키 작은 갈색 머리 소년이었다. 까칠한 모습, 강렬한 눈빛으로 상냥하게 웃어 보였지만, 왠지 상냥해 보이지 않았다. 가스파르는 그 소년이 사나운 아이라는 느낌이 들었지만, 겉으로 드러내지 않으려고 애썼다.

가스파르는 어쩐지 그 애 얼굴이 낯익었다. 이사 온 집 2층에서 창문 밖으로 그 애를 본 기억이 났다. 그 애는 스티커가 덕지덕지 붙은 자전거를 타고 거들먹거리고 있었다. 자전거 앞쪽에는 오토바이 백미러 두 개가 달려 있었고, 뒤쪽 안테나에는 작은 삼각 깃발이 펄럭이고 있었다.

그 애는 앞자리 친구들과 아는 눈치였는데, 왜 가스파르 옆에 죽치고 있는지 몰라 의아했지만 깊이 생각해 보지 않았다.

그 애 이름은 안토니였다.

안토니가 자기소개도 없이 한마디 툭 내뱉었다.

"안녕, 이름이 뭐냐?"

가스파르는 건방져 보이는 말투가 싫었다. 마음이 썩 내키지 않았지만 그래도 친절히 답했다. 그 순간 안토니가 가스파르 어깨를 꽉 쥐더니 '다정한 척' 마구 흔들어 댔다. 가스파르는 안토니가 힘자랑한다는 걸 눈치챘다. 자기 알통을 만져 보라는 말까지 듣고 나니, 그냥 웃고 넘어갈 일이 아니라는 생각이 들었다.

그때 캐주얼 차림을 한 젊은 선생님이 앞으로 다가왔다. 선생님은 웃음 띤 얼굴로 반 아이들한테 교실로 가라고 했다. 아이들은 강당을 나와 계단을 올라갔다. 첫 수업을 맡은 선생님이 1학년 교실 문을 열었다. 문이 열리자마자 아이들은 좋은 자리를 차지하려고 달려들었고, 교실은 난장판이 되었다. 가스파르는 어물어물 망설였다. 망설임이 가스파르의 가장 큰 단점이었다.

가스파르는 결정을 내리는 데 한 템포가 느렸다. 한번은 삼촌이 가스파르 성격에 딱 맞는 별명을 붙여 주었다. 바로 '곰곰이'였다. 그래서 그런지 때로는 우유부단한 사람처럼 보이기도 했다. 어쨌든 가스파르는 자리를 정했고, 자기 결정에 불만이 없었다. 단지 자리가 첫째 줄이라는 것이 아쉬웠다. 가스파르가 안토니한테 눈길을 주자, 안토니가 찡긋 윙크를 날렸다. 순간, 괜히 친절한 애들을 조심하라던 엄마의 충고가 떠올랐다. 안토니는 친절한 아이가 아니었다. 그런데도 자꾸 친절한 척을 해 대니, 가스파르는 그게 더 불길해 보였다.

중학교 1학년 첫 수업은 기대했던 것보다 유쾌했다. 가스파르는 살짝 마음이 놓였다. 쉬는 시간이 되자, 안토니가 가스파르한테 다가와 말을 걸었다.

"너 어디 살아?"

깜짝 놀란 가스파르가 웅얼웅얼 대답했다.

"엄마랑 이사 왔어. 로지에 주택 단지로."

가스파르는 얼굴이 화끈 달아올랐다. 수줍어서가 아니라, 감동해서였다. 가스파르는 수줍음과 감동의 차이도 깐깐하게 따졌다. 수줍음은 나약한 것으로, 감동은 몸짓이 과하게 곁들여져도 좋은 것으로 생각되었기 때문이다.

"어라, 이웃이네. 너희 집에 가도 돼?"

안토니가 호들갑을 떨었다.

"글쎄, 안 될 건 없지."

"너 무슨 게임 갖고 있어?"

"체스."

안토니가 웃음을 터트렸다.

"이런, 멍청이. 그런 게임 말고, 비디오 게임 말이야."

"별거 없어. 아빠가 몇 개 사 주시기는 했는데 아빠 집에 두고 왔어. 난 체스가 더 좋아. 너만 좋다면 가르쳐 줄게."

"알았어. 마음 내키면 부탁하지. 걱정하지 마. 내가 게임기 갖고 가지, 뭐. 설마 텔레비전은 있겠지?"

안토니가 빈정대며 물었다.

"물론이지."

"네 방에 있어?"

"아니. 방에 텔레비전을 두는 건 바보 같은 짓이야."

"난 한 대 있는데! 텔레비전도 빼앗다니, 네 부모님은 정말 못 말리는 분들이네."

"빼앗지 않았어. 그리고 우리 부모님은……."

"수요일 오후에 간다."

안토니가 말을 뚝 끊더니, 대답도 안 듣고 가스파르 등을 툭 치고는 나가 버렸다. 가스파르는 한숨을 내쉬었다.

'휴, 다행이다. 한 명이라도 친구를 사귀어서. 엄마가 좋아하시겠네.'

'다 잘 될 거야. 난 잘할 수 있어.'

두 번째 이야기

부러진 조개껍데기

장난 좀 쳤어요. 당연한 일 아닌가요?

안토니는 웃음을 감추려고 고개를 숙였다.

"우리는 가스파르 집에서 하도 쪼개서 배꼽이 빠지는 줄 알았어요. 오후로 접어들자 가스파르가 저를 기다렸죠. 전 개조한 자전거를 타고 친구들이랑 가스파르네 집 앞을 그대로 지나쳤어요. 녀석이 창문 뒤에 딱 붙어서 훔쳐보는 꼴이 가관이었죠. 그렇게 마냥 기다리게 놔뒀다가 한 4시쯤 개 집에 갔어요. '안녕, 우리 왔어!' 우리 셋이 등장하자 녀석의 소심한 간이 펄쩍 뛰는 게 느껴졌어요. 제가 제레미랑 위고를 데려갔

거든요. ‘우리가 게임기 갖고 왔어.’ 제가 말했죠. 녀석
한테 누텔라잼이랑 콜라가 있는지 물었어요. 젠장! 녀
석 집에는 빵이랑 오렌지잼밖에 없었어요. 전 그런 잼
싫어해요. 찌질한 놈들은 어째서 간식도 찌질한 것만
있는지. 그런 걸로는 예전처럼 재미있게 못 놀 것 같
았어요.”

“부엌에서 무슨 일이 있었는지 말해 보렴.”

맞은편에 앉은 사내가 말하자, 안토니는 어깨를 으
쓱했다.

“재미있게 놀았어요. 우린 착한 애들이니까요. 아무
것도 부수지 않았어요! 전 가스파르네 부모님이 이혼
한 걸 눈치챘어요. 엄마가 일 나갔다고 했거든요. 사
실 엄마를 보면 아들을 안다고, 아들이 그 꼴이니 엄
마 꼴이 그 모양인 건 당연하겠죠. 우리는 부엌에 자
리를 잡았어요. 가스파르가 오렌지잼을 꺼냈죠.”

안토니는 인상을 찌푸리다 느닷없이 웃음을 터뜨
렸다.

"시시하게 오렌지잼이라니, 역시 가스파르는 기대를 저버리지 않았어요. 식탁에 식빵이랑 시럽을 타 마시라며 컵을 내놓았죠. 저는 빵에 잼을 발랐어요. 그다음은…… 상상이 가시죠? 장난 좀 쳤어요. 당연한 일 아닌가요?"

"더 자세히 말해 보렴. 빵에 잼을 바르고, 그다음은?"

"제가 녀석을 한 방 갈겼어요. '어라, 이것 봐라. 빵에 똥파리가 앉아 있잖아!' 제가 빵을 내밀자 녀석이 고개를 숙였어요. 저는 이때다 싶어 빵에다 녀석 얼굴을 처박았죠. 친구들이랑 저는 배꼽을 잡고 웃었어요. 녀석은 안 웃더라고요. 한마디도 안 했죠. 그냥 손으로 잼을 털어 내고는 잼을 이렇게 핥아 먹었죠. 그때 제레미가 나섰어요. 저는 뒤로 물러났죠. 멍청한 제레미 녀석이 빵을 위고 머리 위에 놓고 손으로 짓이겼어요. 위고는 냉장고에서 석류 시럽을 꺼내 제레미한테 들이부었죠. 장난이 조금씩 심해졌어요. 우리는 빵

조각이랑, 과일 바구니에 담겨 있던 살구를 공 던지듯 마구 던지며 식탁을 빙빙 돌았어요. 그러다 위고가 타일 바닥에 미끄러졌어요. 무릎이 타일에 부딪혔죠. 그러자 위고가 제레미랑 휙 나가 버렸어요."

"너는 그냥 있었어?"

"네. 저는 바닥 닦는 걸 도와줬어요! 그런 다음 가스파르가 방으로 가자고 하더라고요."

"넌 너희가 부엌을 난장판으로 만드는 걸 가르파스가 좋아했다고 생각하니?"

"다 청소했는데요, 뭐. 좋고 나쁠 게 어디 있겠어요?"

안토니는 한동안 말없이 멍하니 앉아 있었다. 사내가 정신 차리라며 안토니를 툭 건드렸다.

"맞……아요. 하지 말아야 했죠. 녀석이 살짝 겁에 질렸지만 신경 쓰지 않았어요. 저도 우리 집이나 친구 집에서 장난을 치니까요. 별로 대단한 일도 아닌데요 뭐. 어쨌든 저는 녀석처럼 울고 싶었던 적은 한 번도 없어요."

"가스파르가 울었어?"

"아니요. 하지만 거의 울상이었죠. 이 멍청이는 진짜 착해요. 간식을 먹은 뒤에 둘이 가스파르 방으로 올라갔어요. 방 안은 온통 만화책이랑 책으로 가득했어요. 그런데 수집한 조개껍데기가 눈길을 끌었어요. 내 마음에 쏙 들었죠."

그냥 놔둬, 안토니!

가스파르는 조개껍데기 수집광이었다. 아예 벽장 선반 한쪽을 온통 조개껍데기로 채우다시피 했다. 가스파르는 새로운 조개껍데기를 진열할 때마다 몇 시간씩 공을 들여 출처와 특징을 기록했다. 조개껍데기 수집에 자부심이 대단해서, 어느 틈에 부엌에서 일어난 소동을 까맣게 잊고 안토니에게 조개껍데기 자랑을 연신 늘어놓았다.

"와! 엄청 수집했네! 몇 개나 갖고 있어?"

안토니가 환호성을 질렀다.

"예순한 개. 전 세계에서 온 조개들이지."

"야, 이것도 조개껍데기구나! 이렇게 예쁜 껍질은 책에서도 못 봤는데."

가스파르는 긴장을 풀고 얼굴을 붉혔다. 순간 안토니가 고마웠다.

"이 껍데기는 어디에서 왔어?"

안토니가 앵무조개껍데기를 휙 낚아채며 물었다.

"마다가스카르에서. 어, 미안한데, 그건 안 만지면 좋겠어."

가스파르는 안토니 손에 있는 조개껍데기를 도로 집으려고 했다. 그러자 안토니가 살짝 피했다.

"잠깐! 좀 자세히 보고. 조개껍데기 안 먹는다, 안 먹어."

"알아. 하지만 껍데기가 약하거든. 제발 제자리에 놔둬."

가스파르가 조개껍데기를 가져가려 하자 안토니가 안 뺏기려고 몸을 휙 돌리다가 조개껍데기를 바닥에 떨어뜨리고 말았다. 가스파르는 씩씩거리며 조개껍데기를 조심스레 주워 순식간에 스캔했다. 다행히 조개껍데기는 깨지지 않았다. 상태를 확인한 가스파르는 조개껍데기를 도로 선반에 올려놓았다. 가스파르가 벽장문을 단단히 닫으려는 순간, 안토니가 문을 가로막았다. 가스파르는 신경이 날카로워졌다.

"나 한 개만 주라."

"어…… 다음에."

"어서, 착하지."

"여기 있는 조개껍데기는 모두 특별한 거야. 내가 가장 좋아하는 것들이고. 다음 주에 한 개 가져다줄게. 아빠 집에 두고 온 것도 있거든."

"야, 우리 친구 아니냐?"

가스파르는 속으로 생각했다.

'아니, 아니야! 이 찰거머리 녀석을 떼어 내야겠어.'

순간, 안토니는 조개껍데기 하나를 휙 낚아챘다. 원뿔 모양에 가느다란 진줏빛 돌기가 삐죽삐죽 솟아 있는 껍데기였다.

"이 껍데기 멋진데!"

"그래, 알아. 그냥 놔둬, 안토니!"

"주면 갖는 거야. 집어가면 도둑질이고!"

"난 안 줬어."

"줬잖아. 네가 '그래, 알아.'라고 했잖아!"

"돌려줘!"

가스파르는 찰거머리 녀석한테 달려들려다 멈칫했다. 눈꽃날개뿔고동의 돌기들은 약하디약했기 때문이다. 가스파르는 수집품 가운데 가장 멋진 조개껍데기를 돌려 달라고 애원했다. 하지만 헛수고였다. 그런데 안토니가 갑자기 손을 내밀었다.

"이쯤이면 됐어! 난 도둑이 아니니까. 자, 네 조개껍데기."

안토니는 가스파르한테 껍데기를 살짝 내밀었다가 다시 휙 감췄다.

"어라, 여기 있네."

안토니는 껍데기를 높이 들어 올렸다가 뒤로 휙 감췄다가 하며 약을 올렸다. 그러다 방 안을 깡충깡충 뛰어다녔고, 가스파르는 안토니 뒤를 쫓느라 가재처럼 얼굴이 시뻘게졌다. 갑자기 안토니가 외쳤다.

"자, 돌려줄게. 그냥 장난친 거야."

가스파르는 안토니가 또 피할까 봐 조개껍데기를 세게 낚아챘다. 그 바람에 돌기 하나가 뚝 부러지고 말았다.

장난친 거예요. 재미있잖아요.

"조개껍데기는 제가 부러뜨리지 않았어요! 멍청이 녀석은 제가 일부러 그랬다고 우기지만 사실이 아니에요. 녀석이 저한테 입에 담지 못할 욕설을 퍼부어 댔어요. 저는 책이랑 조개껍데기를 그대로 놔두고 밖으로 나가 친구들을 찾았어요. 이게 다예요, 선생님, 이게 수요일에 있었던 일이에요."

"네 말은 가스파르가 흥분한 게 잘못이란 말이지?"

"네. 제가 조개껍데기를 훔쳐 가지도 않았잖아요. 조개껍데기에는 관심도 없다고요. 아, 슬슬 빡치려고

하네. 죄송해요, 선생님. 도둑놈 취급받는 건 못 참아
서요. 제가 원래 이래요."

"아무것도 훔치지 않았다고?"

"……."

"하지만 다음 날……."

"선생님이 오셨죠. 그건 도둑질이 아니라 장난이었
어요. 어쨌든 가방을 찾았잖아요, 안 그래요?"

"어디에서 찾았지?"

"똥뒷간……, 어, 죄송해요. 여자 화장실에서요. 녀
석이 가방을 찾으러 다닐 때 어찌나 웃기던지. 오전
자습 시간이었는데 녀석은 사방으로 날뛰었죠. 이마
를 긁적이며 운동장 이쪽저쪽을 기웃거리며 돌아다
녔어요. 그 모습을 보고 남자애들 모두 깔깔댔죠. 제
가 위고를 불렀어요. 누군가 가방을 들고 여자 화장실
로 들어갔다 빈손으로 나왔다고 가스파르한테 말하라
고 했어요. 가스파르는 제 장난인 줄 눈치챘나 봐요.
저를 무섭게 째려봤거든요. 가스파르가 가방을 찾으려

고 여자 화장실 문을 확 열었어요. 여자애들이 꽥꽥 비명을 질러 댔죠. 그 사이에 저랑 친구들은 아이들을 죄다 불러 모았어요. 가스파르가 화장실에서 나오자마자 아유를 '우! 우!'하고 보냈어요. 게다가 녀석이 든 책가방에서 오줌이 뚝뚝 떨어지고 있었어요. 솔직히 말해서 제가 실례를 해두었거든요. 네, 물론 잘한 짓은 아니에요. 하지만 저만 놀리지 않았어요. 다른 애들이 저보다 더 심하게 야유를 퍼부어 댔다니까요. 때마침 교감 선생님이 지나가시다 뭔 일인가 보러 왔죠. 선생님은 무슨 일인지 설명해 보라고 했어요. 그러자 모두 '가스파르가 여자 화장실에 들어갔어요.'라고 떠들어 댔죠."

"모두라고?"

"네, 그러니까…… 제가요. 가스파르는 얼굴이 하얗게 질렸어요. 소심한 찌질이니까 기절할 것 같았겠죠. 교감 선생님이 가스파르를 교무실로 데려가서 어찌된 일인지 물었어요."

"가스파르가 너를 고자질했니?"

"녀석은 그럴 위인도 못 돼요. 제가 주먹으로 끝장 내 버리겠다고 위협했거든요. 녀석은 겁쟁이라 입도 뻥긋 못했죠."

긴 침묵이 흘렀다.

"만약 친구가 너한테 이런 장난을 치면 넌 뭐라고 할 것 같니?"

"저는 절대로 그런 일 안 당해요."

"그걸 묻는 게 아니잖아. 너를 책망하려는 게 아니 야. 아까 얘기했잖니, 기억나지? 네가 친구들한테 속내 를 털어놓듯 나한테 솔직히 말해 봐. 대신 어떤 기록 도 남기지 않을게. 단지 무슨 일이 있었는지, 네가 이 방에 오기까지, 대체 왜 가스파르랑 그런 갈등을 겪었 는지 이해하고 싶을 뿐이야. 자, 다시 가 볼까? 네가 여 자 화장실 앞에서 책가방 가지고 놀리며 무슨 말을 했 지?"

"어, 모르겠어요. 좀 심한 말이었나? 나쁜 짓을 저질렀죠."

"어떤 나쁜 짓이지?"

안토니는 모르는 척했지만, 속으로는 이 사내가 자기 입에서 무슨 말까지 털어놓게 하려는지 눈치를 챘다.

"있잖아요, 저는 비행 청소년이 아니에요. 그냥 재미 삼아 했을 뿐이에요."

안토니가 둘러댔다.

"여기 사전이 있거든. 단어 뜻을 찾아서 한번 읽어 보려무나."

"그러죠, 뭐."

사내가 책상 서랍을 열고 두꺼운 책을 꺼내 안토니 코앞에 들이밀었다. 안토니는 책을 열고 단어를 찾아 낭송하듯 읽었다.

"비행. 잘못되거나 그릇된 행위."

"좋아. 화장실에 친구 책가방을 던지고, 그 위에 오줌을 싸는 짓이 과연 잘못되거나 그릇된 행위가 아닐까?"

"음……, 아니요."

"그런 행동을 저지른 애한테 어떤 대가가 따를까?"

안토니는 당황스러운 듯 상대방의 눈치를 살폈다. 사내는 안토니의 대답을 차분히 기다렸다. 연륜이 묻어나는 사내의 얼굴에는 호기심만 살짝 비칠 뿐 별다른 표정이 드러나지 않았다. 안토니는 어쩐지 우쭐한 기분이 들었다. 사람들 관심 끌기를 좋아했기 때문이다.

"장난친 거예요. 재미있잖아요. 어쨌든 그때는 재미있었어요."

"장난친 애는 그렇겠지. 하지만 당한 애는 어떻겠니?"

"당연히 재미없겠죠. 유머 감각이 남다르면 모를까."

"네가 보기에 가스파르가 유머 감각이 남다르던?"

"저야 모르죠!"

사내는 잠시 말을 멈췄다가 다시 물었다.

"자, 계속 얘기해 볼까? 가스파르한테 또 어떤 장난을 쳤지?"

"그 뒤로 짓궂은 장난을 더 쳤어요."

"어떤 장난인데?"

"복수요."

세 번째 이야기

어리석은 녀석들

대체 왜 나를 들들 볶는데!

가스파르의 할아버지는 온화하고 슬기로운 분이었
다. 할아버지는 증오와 원한이 인생을 갉아먹는 가장
위험한 감정이라고 가르쳤고, 가스파르는 그 가르침을
가슴 깊이 새겼다. 증오와 원한은 영혼을 갉아먹는 기
생충과 같아서, 그런 감정을 키우는 사람을 미치게 한
다고 했다. 또 시한폭탄과도 같아서, 상대방이 파괴되
리라 믿다가는 그 폭탄 위에 스스로 주저앉은 자신을
발견하게 될 것이라고 했다. 가스파르는 할아버지가
전하신 귀한 교훈을 결코 잊지 않았다. 하지만 분노

게이지가 치솟다 보니, 그 교훈을 상기할 여유가 없었다. 첫 중학교 친구이자 새 이웃인 찰거머리 안토니는 수요일 오후 늦게 친구들을 데리고 떠났다. 이들의 첫 방문은 가스파르에게는 악몽 그 자체였다. 그날을 절대 잊을 수가 없었다.

가스파르는 코를 훌쩍이고 이를 악문 채, 수도사처럼 책상에 몸을 수그리고 부서진 조개껍데기 돌기를 다시 붙이려고 애썼다. 눈물로 시야가 뿌옜다. 그것은 수집품 가운데 가장 아끼는 조개껍데기였다.

가스파르는 돌기를 붙이고 난 뒤, 침대에 걸터앉았다. 그러고는 고개를 푹 숙인 채 가장 처절한 복수를 상상했다.

다음 날 아침, 학교로 향하는 가스파르의 눈에서 분노의 광채가 뿜어져 나왔다. 밤새 몸을 뒤척이며 잠을 설치는 바람에, 피곤해서 평소보다 안색이 창백했다. 안토니가 반 애들이랑 희희낙낙거리고 있었다. 가스파르는 움찔하며 슬쩍 지나쳤다. 대신 자신에게 친절하게 대해 준 클레망한테 가서 말을 걸었다. 그때 종이 울리고 모두 줄을 맞춰 서려고 모여들었다. 갑자기 안토니가 가스파르 뒤로 다가와 입을 들이밀더니, 막말을 퍼부어 댔다.

"야, 이 바보야! 달팽이 같다는 소리 못 들어 봤니? 미끈미끈 징그러운 벌레 말이야. 웩! 거울 보면 네 모습에 너도 토하지?"

안토니가 욕할 때마다 옆에서 위고가 키득거리며 웃었다. 한 여자애가 참다못해 끼어들었다.

"그만해, 안토니! 심하잖아."

안토니는 욕설을 멈췄다. 여자애 말대로 심하다고 생각해서가 아니었다. 마침 역사 선생님이 들어와 조용히 하라고 말했기 때문이다.

가스파르는 두 시간 동안 수업에 몰두하느라 아까의 일을 까맣게 잊고 있었다.

가스파르는 안토니가 또다시 자신을 공격할 줄은 꿈에도 몰랐다. 그리고 집요하게 말이다.

쉬는 시간이 되자, 안토니는 가스파르가 방심한 사이에 가방을 훔쳐 여자 화장실 변기에 던졌다. 그러고도 성에 차지 않는지, 가방에 오줌까지 갈겼다. 안토니는 화장실에서 나와 우스갯소리를 했고, 친구들이 폭소를 터뜨렸다. 그러는 사이에 가스파르도 여자 화장실에서 나와 떠들썩한 무리로 끼어들었는데, 하필 교감 선생님이 나타나는 바람에 일이 더 꼬였다. 교감 선생님은 굴욕감에 젖어 있는 가스파르를 교무실로 불러, "여자애들에게 불안감을 심어 줬다."며 못된 놈 다루듯 야단쳤다. 가스파르는 안토니 짓이라고 불어 버릴까 망설이다 결국 입을 꾹 다물었다. '어리석은 안토니 녀석'이 곧 자기한테 시큰둥해지거나, 어쩌면 다른 희생자를 찾을지도 모른다는 안일한 바람 때문이었다.

잠시 뒤, 오후 체육 시간이 돌아왔다. 안토니와 똘마니들은 체육관으로 가는 가스파르를 가로막았다.

나쁜 아이들이란 나쁘게 타고났다기보다는 어리석은 녀석들이라고 봐야 한다. 녀석들은 가스파르를 놀리며 슬쩍슬쩍 발을 걸었다. 탈의실로 들어온 안토니는 가스파르한테 입에 담지 못할 욕설을 퍼부어 댔다. 이상하게도 그런 녀석들은 또 놀라우리만치 친구 가슴에 비수를 꽂는 능력이 타고 났다. 가스파르는 약간 안짱다리인 데다 비쩍 말라서 열등감이 심했다.

안토니는 반 친구들을 불러 모았다.

"어이, 애들아! 가스파르 녀석, 별명이 뭔지 알아? 해골이야, 해골! 이 모습 좀 봐. 갈비뼈 보여? 소말리아 사람처럼 깡마른 다리 좀 보라고!"

몇몇 애들이 깔깔대고 웃었다. 하지만 잘 모르겠다는 듯 어깨를 으쓱이는 애들도 두셋 있었다. 안토니는 가스파르를 해골이라 부르며 괴롭히고 놀리는 데 정신이 팔려, 체육 선생님이 운동장으로 나오라는 지시를 듣지 못했다.

"해골, 해골, 해, 갤갤갤……."

"그만해!"

참다못해 가스파르가 소리쳤다.

"대체 무슨 일이야. 누가 소리 질렀어?"

선생님이 야단쳤다.

"안토니 때문이에요, 선생님. 안토니가 계속 저를……."

"변명 필요 없어. 둘 다 일어서. 운동장 세 바퀴 뛰고 와서 공이나 맡아서 갖고 있어. 어서! 걸으면 혼난다."

체육 선생님은 막무가내였다.

둘이 구시렁대며 일어나 육상 트랙을 흐느적거리며 뛰었다.

"너 이번 빚, 내가 꼭 갚는다. 네가 침을 질질 흘리면서 혼이 쏙 빠지도록 혼쭐을 내 주겠어."

안토니가 인상을 썼다.

"내가 뭘 잘못했는데? 대체 왜 나를 들들 볶는데!"

"웩, 이 구제 불능, 피라미 새끼, 멍청이, 해골바가지!"

안토니는 깔깔 웃음을 터트리더니 앞으로 휙 달려 나갔다. 가스파르는 멀어지는 안토니를 바라보며 어떻게 해야 이 증오심이 가라앉을지 곰곰이 생각했다.

'가해자라고 고발할까? 누구한테? 좀 전에 고발했지만 오히려 벌만 받았잖아. 선생님들은 일러바치는 사람들을 싫어하니 불이익을 당할 게 뻔해.'

엄마한테 털어놓는 방법도 좋지 않다. 불쌍한 엄마는 침울해질 테고, 쓸데없이 사건을 부풀려 상상하다 교장 선생님한테 안토니를 일러바쳐서 더 큰 소동을 불러일으킬 게 뻔했다. 가스파르는 자신의 문제도 해결 못하는 답답이로 느껴져 처음으로 마음이 불안해졌다.

우리끼리는 장난으로 슬쩍슬쩍 한 대씩 때려요.

"제가 녀석을 처음 갈겼을 때 어땠느냐고요? 아무렇지도 않았어요. 하지만 녀석은 충격이었겠죠. 장담할 수 있어요. 녀석이 계집애처럼 앵앵 거렸거든요. 정말 뜻밖이었죠. 사건은 학교 복도에서 터졌어요. 하교하기 바로 전이었죠. 저도 왜 그랬는지 몰라요. 그냥 휙 뒤돌아서서 녀석 뺨을 후려쳤어요. 녀석의 뺨이 시뻘게졌죠."

"정말 아무 감정 없었어? 한 점 부끄러움도 없었느냐고! 설마, 너 재밌었니?"

"재미요? 에이, 아니죠. 저는 사디스트는 아니에요."

"그런데 되풀이했어?"

소년이 고개를 떨구었다.

"네, 조금. 절대 세게 치지 않았어요. 때릴 때 증거를 남기면 안 돼요. 가장 아프게 하려면 손가락을 이렇게 내밀고 급소를 치면 되죠."

소년은 오른손 주먹을 불끈 쥐었다가 가운뎃손가락을 살짝 내밀었다.

"친구가 반격할까 봐 두렵지 않았니? 네가 친구한테 했듯이, 너한테 한 방 날릴까 봐 두렵지 않았어?"

"녀석은 정말 겁이 많은걸요!"

"그래서 계속했니?"

"잇따라 하지는 않았어요. 가끔 했죠. 진짜인데. 팍! 손으로 머리 한 대 치고, 픽! 등을 후려갈기고, 휙! 층계에서 어깨를 슬쩍 치고. 진짜 나쁜 짓은 하나도 안 했어요. 원래 우리끼리는 장난으로 슬쩍슬쩍 한 대씩 때려요. 아시잖아요."

"장난이라."

사내가 중얼거렸다.

"아, 알아요. 그게 장난이지 뭐겠어요. 그래서 장난으로 따귀를 맞을 때는 전 바보처럼 몸을 꼿꼿이 세우고 있지 않아요."

"네가 가스파르한테 그런 짓을 했을 때, 두 친구 외에 반 친구들 반응은 어땠니?"

"대부분 모른 척했어요. 엮이고 싶지 않았겠죠. 하루는 싸움이 벌어졌어요. 가스파르가 간식을 뜯는 순간 제가 그걸 가로챘죠. 알루미늄 포일로 싼 초콜릿 비스킷이었어요. 녀석은 기분이 상했는지 비스킷을 미친 듯이 저한테 던졌어요. 제가 그걸 주웠죠. 우리 둘이 서로 뒤엉켜 주먹을 주고받으며 데굴데굴 굴렀어요. 친구들은 소리를 지르며 깔깔거렸죠. 싸움이 나면 늘 이런 식이에요."

"네 생각에 친구들은 누구 편 같았니?"

"몰라요. 하지만 가스파르한테 발길질을 한 애들도

몇 있고, 거들떠보지도 않고 나 몰라라 하는 애들도 있었죠. 제가 하고 싶은 말은 애들이 저한테는 그렇게 못할 거라는 거예요."

"그 일은 어떻게 마무리됐지?"

"몰라요."

긴 침묵이 흘렀다. 안토니는 기억나지 않는 듯했다. 그러자 사내가 말을 이었다.

"반 친구 한 명이 나한테 얘기해 줬는데, 사감 선생님이 너희 둘을 떼어 놓자 네가 일렀다던데. 네 케이크를 가스파르가 훔쳤다고. 맞아? 아니면 그 녀석이 잘못 들었니?"

"맞아요. 사감 선생님께 거짓말한 건 제 잘못이에요. 그러면 안 되는데."

"왜 안 되지? 그래서 가스파르가 벌 받고, 너는 벌을 피할 수 있었잖니."

"맞아요. 어쨌든 벌은 피해야죠."

"너만? 무슨 권리로?"

안토니는 사내를 매섭게 노려보았다. 그러고는 눈도 끔쩍 않고 말했다.

"벌 받으면 안 되니까요. 그게 다예요."

나를 가만둬, 이 새끼야!

가스파르는 날이 갈수록 잠을 이루지 못하는 날이 많아졌다. 무엇보다 학교 근처에만 가면 구토가 일어 괴로웠다. 엄마는 가스파르의 행동이 변한 걸 눈치채고 꼬치꼬치 캐물으며 체온을 재기도 했다. 가스파르는 엄마한테 등교 시간이 바뀌어 좀 불편해서 그렇다고 둘러댔다. 다행히 엄마는 그 말을 믿었다. 가스파르는 한술 더 떠, 학교생활이 아주 만족스러워서 곧 적응할 거라며 너스레를 떨었다. 엄마는 가스파르가 체력을 키워 이번 고비를 잘 넘기도록 비타민을 챙겨 주기도 했다.

그날 아침, 수업이 시작되기도 전이었다. 가스파르는 부리나케 화장실로 달려가 토했다. 개학한 뒤로 처음이었다. 구토로 불안함을 털어 내자 개운한 기분이 들어 클레망을 보며 씩 웃었다.

클레망은 가스파르의 웃음을 전혀 이해하지 못했다.

"각다귀 같은 놈이랑은 잘 됐어? 앞으로 귀찮게 안 한대?"

클레망이 걱정스러워했다.

"응. 잘 마무리됐어."

가스파르는 위경련이 또 도질까 두려워 재빨리 말꼬리를 돌렸다. 잠시 뒤, 수학 시간이 끝날 무렵이었다. 안토니가 두려움을 다시 일깨워 주었다.

"아야! 제기랄!"

가스파르가 목덜미를 움켜쥐며 비명을 질렀다. 뒤돌아보지 않아도 어디서 종이 뭉치가 날아왔는지 짐작할 수 있었다. 안토니가 옆 친구의 팔을 치며 낄낄대고 있었다.

"가스파르, 네가 비명 질렀니?"

선생님이 뒤도 안 돌아보고 물었다.

선생님은 골치 아픈 수학 문제들을 쉴 새 없이 칠판에 써 내려갔다. 다음 날까지 풀어야 할 방정식들이었다. 문제를 다 쓴 뒤, 선생님은 뒤돌아서서 가스파르를 아래위로 날카롭게 쏘아 보았다.

"혹시 네가 나한테 욕한 거라면, 썩 좋은 행동은 아닌데."

"아니에요, 선생님. 저는 선생님께…… 그러니까……."

가스파르가 뒤돌아보았다. 셋째 줄에서 종이 뭉치를 던진 안토니가 심술궂은 표정으로 주먹을 들어 올렸다.

"죄송해요. 제가 잘못했어요."

가스파르는 순순히 잘못을 인정했다.

교실은 웃음바다로 변했고, 가스파르는 벌로 방정식 몇 문제를 더 받았다. 때마침 수업 종이 울렸다.

학생들은 늘 그렇듯 서둘러 교실을 빠져나갔다. 가스파르는 홀로 뒤처져 소지품을 정리했다. 언뜻 보아도 선생님은 가스파르한테 관심 없는 듯했다. 가스파르는 자기가 누구 때문에 비명을 질렀는지 선생님께 밝히고 싶었다. 범죄자처럼 잔인하게 괴롭히는 짐승 같은 안토니 미나르 때문에 학교생활이 얼마나 악몽 같은지, 기회를 봐서 선생님께 털어놓으려고 했다.

선생님은 가방 정리를 마치자 문으로 걸어갔다.

"잘 가렴, 가스파르. 그리고 조심해. 다음번에도 바보같이 굴면 벌을 줄 테니까! 자, 이제 가 봐라."

선생님은 가스파르를 쳐다보지도 않고 말했다.

가스파르는 변명하려고 입을 열었다. 그런데 목소리가 목구멍에 걸려 나오지 않았다. 마치 안토니가 주먹으로 목을 꽉 쥔 것 같았다. 전날 안토니는 가스파르가 거의 실신할 정도로 목을 조른 뒤, 버릇처럼 '그냥 장난으로' 재미 삼아 그랬다고 했다. 가스파르는 왠지 목이 뻐근해졌다. 가스파르는 입도 벙긋 못 하고 고개를 푹 숙인 채 교실 문을 닫는 선생님 앞을 지나쳐 갔다.

'이번 한 번만 참아야지, 하지만 다음에는 꼭 말할 테야.'

가스파르가 속으로 다짐했다. 이어 쿠에 박사의 방법을 따라 정신을 무장했다.

"나는 두렵지 않아, 나는 남자야. 나는 두렵지 않아. 나는 남자야."

복도는 텅 비어 있었다. 가스파르는 안도의 한숨을 내쉬었다. 가해자 안토니는 해골 가스파르가 선생님한테 엄한 벌을 받는 줄 알고 교실을 미리 빠져나갔을 것이다.

덜컹하는 철문 소리에 가스파르는 소스라치게 놀랐다. 운동장에 있을 때보다 심장이 더 요란하게 뛰었다. 수요일은 오전에만 수업이 있는 날이어서, 가스파르는 학교 근처에 있는 아지트로 향했다. 그곳에 집에 타고 갈 자전거를 놔두었다. 엄마는 가스파르 혼자 자전거 타고 학교 가는 걸 허락하고는, 자전거를 탈 때는 꼭 안전모를 쓰라고 신신당부했다. 하지만 가스파르는 주택 단지를 벗어나자마자 우스꽝스러운 안전모를 휙 벗어 던졌다. 가스파르가 마음 놓고 철문을 나서려는 순간, 안토니가 스티커를 덕지덕지 붙인 자전거를 타고 나타났다.

"어이, 햇병아리. 바보들처럼 사건 한번 쳐 볼까?"

안토니가 썩쏘를 날렸다. 가스파르는 못 들은 척, 못 본척 자전거에 올랐다. 안토니가 자전거 바퀴를 들어 올려 이리저리 흔들며 야유를 보냈다. 안토니는 가스파르가 멈춤 표시나 빨간불에서 멈출 때마다 곁으로 다가와 가스파르를 비웃으며 등을 한 대씩 후려쳤다. 화가 머리끝까지 치민 가스파르는 결국 안토니에게 욕을 퍼부어 댔다.

"나를 가만 놔둬, 이 새끼야! 언젠가 너 반드시 후회하게 만들 테야."

"오호! 아이고, 무서워라! 무서워서 학교나 제대로 다니겠어. 햇병아리가 별 지랄을 다 하네. 자, 출발. 파란불이야."

사실 신호등은 아직 빨간불이었다. 가스파르는 속지 않았다. 하지만 냅다 페달을 밟아 신호도 아랑곳하지 않고 사거리를 지나쳤다. 자동차 한 대가 가스파르를 피하며 사납게 경적을 울려 댔다. 마치 죽음의 질주를 시작하는 듯했다. 안토니는 크게 웃어 젖히더니, 소리를 지르며 놀림감을 뒤쫓았다. 가스파르는 안토니를 따돌리느라 일방통행으로 들어섰다. 그러다가 인도를 타고 올라 마주 오는 트럭을 피해 대로로 빠져나왔다. 속도가 붙자 가스파르가 안토니를 따돌리기 위해 자전거를 왼쪽으로 휙 꺾었는데, 순간 가스파르의 두 눈이 휘둥그레졌다. 때마침 정류장을 막 벗어난 시외버스와 정면으로 부딪쳐 버렸다.

저를 건드린 건 오히려 그 자식이에요.

"그땐 저도 두려웠어요. 가스파르가 반쯤 넋 나간 표정으로 아스팔트에 주저 앉아 있었거든요. 다행히 피를 흘리지는 않았어요. 아, 무릎에 약간 피가 맺히긴 했죠."

"가서 가스파르를 구했니?"

"아니요. 행인이 구했어요. 버스 운전사가 차에서 헐레벌떡 뛰어내려왔죠. 얼굴이 완전 새하얗게 질려서 자기는 아무 잘못이 없다는 말만 되풀이했어요."

그 순간을 떠올리자 죄책감이 되살아나는 듯 안토니는 손으로 가슴을 움켜쥐고 숨을 깊이 들이마셨다. 안토니는 멀리서 조마조마한 심정으로 자전거를 세우고 그 광경을 바라보았다. 사고 장면이 또렷이 떠올라 마치 자신이 가해자인 양 입술을 꽉 깨물었다.

"누구 때문에 두려웠지? 너 때문이야? 사고의 책임을 너한테 물을까 봐 두려웠니? 아니면 가스파르 때문이었어?"

사내가 물었다.

"둘 다예요."

안토니는 말을 끝내기도 전에 히죽거리며 어깨를 으쓱해 보였다.

"버스랑 부딪힐 생각을 하다니! 어떤 신사가 의사라며 다가왔어요. 사람들이 가스파르 주위로 몰려들었죠. 저도 가 봤어요. 그때 의사 선생님이 뭔가 물어봤어요. '내 말이 들리니? 어디 아픈 데 없어?' 가스파르는 자기가 죽을 줄 알았나 봐요. 신사가 이렇게 말

했어요. '겉으로는 괜찮군. 다리를 움직일 수 있겠어?'
가스파르가 몸을 일으켜 세웠어요. 의사가 팔이랑 다
리를 굽혔다 폈다 하면서 다친 곳은 없는지 살폈죠.
'얘야, 천천히 조심하렴. 넌 엄청난 충격을 받았어.' 의
사 선생님이 말했어요. '괜찮아요. 아무렇지도 않아
요.' 가스파르가 되레 의사 선생님을 위로하듯 말했어
요. 의사 선생님은 가스파르를 진찰했어요. 어떤 부인
이 구급차를 부르려고 하자, 가스파르가 그냥 놔두라
고 외쳤어요. 가스파르는 다시 자전거에 오르려고 했
지만, 앞바퀴가 휘어져 있었어요. 그런데도 녀석은 다
들 지켜보는 앞에서 그냥 휙 떠나갔어요. 저는 녀석이
멀어지는 광경을 한동안 지켜봤죠. 걸음이 떨어지지
가 않았죠. 자전거가 완전히 뒤틀려서 녀석은 핸들을
들어 올리고 끌고 갔어요. 그 광경이 우스꽝스러웠죠.
웃음이 났어요. 그런데 가스파르가 울고 있는 거예요.
우는 모습을 보니 재미가 확 달아났죠. 그래서 집으로
돌아왔어요."

"얘, 대체 너는 어떤 정신 상태로 사니?"

안토니는 자기도 잘 모르겠다는 듯 입을 삐죽거렸다. 사내는 안토니가 혼란스러운 과거를 정리하도록 안토니를 한동안 기억 속에 잠잠히 놓아두었다.

"사실은…… 그래요. 저도 별로 자랑스럽지는 않아요. 가스파르한테 나쁜 짓을 하고 싶지 않은 게 제 본심이에요. 저는 그냥 장난으로 녀석을 괴롭혔어요. 아니, 녀석이 저한테 아무 짓도 안 했기 때문이에요. 왜 가만히 있는지 모르겠어요?"

마침내 안토니가 속내를 털어놓았다.

"그 말은 지금 네가 후회하고 있다는 뜻이니?"

"아뇨. 제가 왜 후회해요? 녀석을 그냥 놔주기로 한 순간이 바로 그때라는 거죠. 적어도 녀석이 버스 사건을 정리할 동안만요. 저를 건드린 건, 잠자는 사자의 코털을 만지작거린 건 오히려 그 자식이에요."

증오와 원한은 영혼을 갉아먹는
기생충과 같아서, 그런 감정을 키우는 사람을
미치게 한다고 했다.

네 번째 이야기

명예 · 보복 · 증오

복수할 때가 왔어!

다음 날, 가스파르는 어제 벌어진 사건을 잊지 않았
다. 엄마한테 늘어놓아야 할 변명거리가 끝없이 이어
졌다. 하지만 가스파르는 변명보다 염려가 앞섰다. 이
리저리 궁리하던 가스파르는 결국 한 문장으로 결론
을 내렸다.

'복수할 때가 왔어!'

가스파르는 학교에 가서 안토니를 찾았다. 안토니는
운동장에서 친구들한테 둘러싸여 손을 흔들며 수다
를 떨고 있었다. 가스파르는 안토니를 피해 빙 돌아갔

다. 되도록 빨리 친구들이 우르르 몰려 있는 현관으로 가려고 했다. 하지만 헛수고였다. 안토니의 매서운 눈초리를 피할 수는 없었다. '기적같이 살아난' 가스파르를 보자, 안토니는 발걸음까지 재촉하며 다가왔다.

"어이, 햇병아리. 괜찮아? 난 너 죽는 줄 알았다!"

안토니가 나쁜 의도를 품고 물은 건 아니었다. 하지만 태도는 여전히 경멸하듯 건방졌다. 가스파르는 시선을 떨군 채 한 발짝도 떼지 못했다.

"야, 너 어제 완전 '꽈당' 들이박았잖아!"

안토니가 친한 척 미소를 보냈다.

안토니는 주위를 살피더니 가스파르한테 물었다.

"버스, 괜찮았어? 느낌이 어땠어?"

가스파르는 긴장하지 않으려고 애썼다.

"몰라. 내 자전거한테 물어 봐."

"까칠하긴. 장난이야. 긴장 풀어. 야, 너 펑 터지겠다. 얼굴이 완전 빨개."

사실이었다. 그러나 그날 아침, 가스파르가 두려움 때문이 아니라 분노 때문에 얼굴이 달아올랐다는 사실을 안토니는 몰랐다. 안토니는 날마다 만나기만 하면 사내답게 인사해야 한다며 손을 번쩍 들어 등이나 얼굴을 한 대씩 후려쳤다. 그날은 얼굴 차례였다. 그런데 주먹이 내려오는 순간, 가스파르가 몸을 뒤로 획 젖혔다. 안토니의 손가락이 가스파르의 콧등을 스쳤다. 당황한 안토니는 놀림감인 가스파르를 '다정하게' 흔들어 주려고 어깨를 잡아채려 했다. 그런데 이번에도 가스파르가 재빨리 피했다. 안토니는 짜증이 난 듯 투덜대더니, 장난에 싫증 난 듯 아니면 죄책감 때문에 그런지 획 돌아섰다. 가스파르는 안토니가 사라지는 광경을 묵묵히 지켜봤다. 주먹 한번 날리지 않고 승리를 거두다니!

마침내 체육 시간이 다가왔다. '마침내'라고 한 이유는 가스파르가 망나니한테 맞설 최악의 음모를 상상하며 밤새 이 시간을 별렀기 때문이다. 핵심은 타이밍이었다. 그러나 가스파르한테 운도 따라야 했다. 탈의실에서 사정없이 싸움을 부추길 학생들과 체육 선생님이 아이들을 꾸짖으러 성급하게 달려와 줘야 했다.

가스파르는 쿵쾅쿵쾅 방망이질 치는 가슴을 달래며 체육복을 갈아입었다. 그런데 예상 밖으로 오른쪽 신발 끈을 묶느라 시간을 지체했다. 준비를 마친 친구들은 이리저리 뛰어다니기 시작했다. 이번 체육 시간에는 축구를 할 예정이라 축구 챔피언들의 포지션을 서로 배치하느라 정신이 없었다. 가스파르는 배치가 시작되고 나서야 몸을 일으켰다. 가스파르는 왼쪽 축구화를 손에 들고 안토니 곁으로 다가갔다.

"야, 개망나니. 나 좀 도와줄래?"

안토니가 당황한 채 뒤돌아봤다.

"뭐?"

가스파르는 신발 냄새가 코를 찌르도록 축구화를 안토니 코앞에 바짝 들이댔다.

"나한테 이 냄새는 어떤 추억을 떠올리지. 한데 영 기억나지 않는단 말이야."

가스파르가 인상을 찡그리며 말했다.

안토니는 가스파르가 허세 떤다는 느낌이 들어 썩소를 지었다.

"너 돌았어? 버스에 부딪히더니 눈에 뵈는 게 없구나?"

"왜 그래, 긴장하지 마. 냄새 좋지? 이 애송아! 웩! 구역질 나겠네."

곁에 있던 남자애들이 웃음을 터트렸다. 가스파르는 더 말할 필요가 없었다. 안토니가 가스파르를 움켜잡는 바람에 체육복이 찢어졌기 때문이다. 안토니는 가스파르를 탈의실로 난폭하게 끌고 갔다.

"좋았어! 한판 붙어!"

한 친구가 외쳤다.

"네 상판대기를 묵사발로 만들어 주지."

안토니가 무시무시하게 말하며, 가스파르를 붙잡고

주먹으로 후려치려던 순간이었다. 선생님이 나타났다.

"어이, 거기 멍청이! 선생님이 도와줄까?"

"어, 아니요, 선생님! 저희는 그냥 킥복싱 얘기를 나누다가, 가스파르한테 시범을 보이려던 참이었어요."

가스파르가 시멘트 바닥에 나뒹굴며 울음을 터뜨렸다.

"그래? 선생님이 바보인 줄 알아? 너희 둘 다 수요일 수업 끝난 뒤에 유도 규칙을 적어 제출하도록 해. 그리고 너, 가스파르. 그만 좀 징징거려. 자, 모두 축구장으로 이동. 어서!"

안토니는 선생님한테 대들려다가 꾹 참았다. 대신 가장 잔인하게 보복할 적을 제압하려는 듯, 잘 가지고 놀았던 장난감이 말을 안 듣는 것 같아 화가 난 채, 가스파르를 살기등등한 눈빛으로 노려보았다.

더는 예전의 가스파르가 아니었어요.

"전쟁 선포를 하셨다, 이거지!"

안토니는 가스파르가 옆에 있는 듯이 소리쳤다. 하지만 안토니 스스로 생각해도 자신의 행동이 도가 지나치다고 생각했다.

"사실 가스파르는 자신을 보호했을 뿐이야. 네 생각과는 달리 자신이 호락호락하지 않다는 걸 입증하려 했지. 아니, 적어도 증명하려고 애썼어."

"당연히, 그랬겠죠. 빚을 청산하려고! 녀석이 비열한 짓을 저질러서 제가 복수한 거예요."

"두렵지 않았니? 복수한 결과가 이토록 엄중한데."

"그 순간에는 깊이 생각할 겨를이 없었어요."

"그러니까 그 순간에 짐승이 되었다는 거야?"

"그보다 더해요. 무슨 짓이든 할 준비가 되어 있거든요."

"그 상황을 피할 수는 없었니?"

안토니는 모르겠다는 듯 어깨를 으쓱하고는 한 마디 툭 던졌다.

"안 피했으니까 인간적이죠, 안 그래요?"

"잘했다고 말해 주길 바라니?"

"아니요. 다른 방법으로 해결할 수도 있었겠죠."

"어떻게?"

"진작에 해결했어야 했는데. 하지만 녀석이 그걸 원하지 않았어요. 증오로 가득했거든요. 척 보면 알죠."

"그럼 너는?"

"저요? 저는 제 명예를 지켰을 뿐이에요."

"음, 다시 사전을 찾아봐야겠네."

안토니는 사전을 펴고 손가락으로 재빨리 '명예'라는 단어 뜻을 찾아 단숨에 읽어 내려갔다.

"세상에서 훌륭하다고 인정되는 이름이나 자랑. 또는 그런 존엄이나 품위. 그리고 어떤 사람의 공로나 권위를 높이 기리어 특별히 수여하는 칭호."

"보복하면 학교 친구들 앞에서 네 품위를 지키고 존경받을 수 있다고 생각했니? 정말 그래?"

사내가 되물었다.

"어, 사실…… 다들 그렇지는 않겠죠. 솔직히 비웃는 애들도 있었거든요. 저는 존엄한 것이 뭔지 잘 몰라요."

"자신에 대한 존경 그리고 어떤 가치에 대한 존경이지. 이를테면 기사들의 고귀함이랄까? 좀 이해 가니?"

"네, 조금."

"그래서 너는 가스파르랑 갈등을 겪으면서, 기사처럼 용감하고 존엄하고 고귀하게, 어떤 의미로는 명예로운 사람처럼 행동했단 말이지?"

의외로 안토니는 뻗대기는커녕 반대로 고개를 푹 숙였다. 뒤이은 사건에서 자신의 악랄함과 어리석음이 유난히 도드라졌기 때문이다.

"어떻게 보복했지?"

사내가 물었다.

"오후에 학교 정문에서 가스파르를 못 나가게 막았어요. 그리고 '너, 이리 와.' 하고 외쳤죠. 녀석은 들은 척도 않고 버스 정류장으로 계속 걸어갔어요."

"자전거는 안 타고 있었어?"

"안 탔어요. 사고가 난 뒤로 가스파르 엄마가 학교에 못 타고 다니게 했거든요. 그래서 엄마가 직접 학교까지 데려다 주거나 버스를 타고 왔죠. 제가 녀석을 뒤쫓아 가서 팔을 붙잡았어요. 그러자 녀석이 뒤돌아서서 저를 뚫어지게 쳐다봤죠. 살짝 떨렸어요. 녀석이 새파랗게 질리거나 겁을 잔뜩 먹을 줄 알았거든요."

"예상을 벗어났나 보구나."

"더는 예전의 가스파르가 아니었어요. 녀석한테 더

러운 배신자, 개똥만도 못한 놈, 파리똥 같은 자식이라고 욕설을 퍼부어 댔죠. 그런데 아무 대꾸도 안 하는 거예요. 꼼짝 않고 제 눈만 계속 째려봤어요. 마치 제가 한 대 치기를 기다리는 듯했죠. 그래서 녀석의 기대대로 목덜미를 확 낚아채려 했어요. 그랬더니 녀석이 뒤로 피하더라고요. 제가 주먹으로 한 방 먹이려는데 녀석이 주먹도 피했어요. 곧이어 녀석이 저를 한 방 먹였죠. 매섭게. 진짜예요. 결국, 버스 정류장에서 소동이 벌어졌죠. 어른들이 달려와 우리를 뜯어말렸어요. 녀석은 입술이 살짝 터졌고 저는 코피가 났어요. 장난 아니었어요. 진짜 죽기 살기로 치고받고 싸웠거든요."

"요즘 애들 싸움은 갈 데까지 가는 거야?"

"어른만큼은 아니죠."

"맞는 말이네. 아주 정확해. 네가 일 점 얻었어. 하지만 너희 둘은 서로 죽일 만큼 미워하지. 내가 잘못 알았니?"

"그렇다고 볼 수 있죠. 맞아요."

"너는 가스파르한테 어떻게 해코지했니?"

"먼저 치사한 장난을 좀 쳤죠. 이를테면 체육복 주머니에 개똥을 넣어 둔다든지, 의자에 껌을 붙인다든지. 또 뭐 했더라? 아, 수업 끝날 때쯤 녀석 필통에 구멍을 뚫은 다음 들고 달아났어요. 가스파르가 필통을 현관에서 찾긴 했지만, 필통 속에 있던 필기구들은 이미 복도 여기저기에 숨은 뒤였죠. 처음에는 이런 식으로 신경전을 벌였어요."

"가스파르는? 그 애는 어떻게 보복했지?"

"똑같아요. 녀석이 제 자전거 바퀴를 뚫어 놓고 제 가방에 있던 콜라를 다 마셔 버렸죠."

"그래서 네 친구도 끌어들였니?"

"걔들도 엮이기 싫어했어요. 치사한 녀석들이죠. 배신자들처럼 뒤에서만 까부니까요."

"선생님이나 사감 선생님은 너랑 가스파르 사이에 뭔가 있다는 걸 눈치채지 못하셨니?"

"눈치챘죠. 어느 날에는 국어 선생님께 훈계를 들었어요. 하지만 선생님은 상황 파악을 하지 못했죠. 그냥 장난치는 줄 알았으니까요. 늘 서로 돋보이려고 어리석은 짓을 한다고 착각했어요. 얼간이 가스파르 녀석이 운동장에서 제 역사 공책을 찢어 모두 놀랐을 때가 볼만했어요. 그런데 선생님도 이유를 묻지 않았어요. 오히려 반 친구들 앞에서 저한테 사과하라고 강요했죠. 녀석에게는 정말 치욕적인 사건이었어요."

안토니는 웃음을 감추려고 고개를 숙였다가 갑자기 고개를 들며 말했다.

"아, 맞아요. 하루는 가스파르 엄마가 정문에서 저를 붙잡았어요. '내 아들을 괴롭히는 애가 너니?' 아줌마가 저한테 그랬죠. 아줌마는 저보고 왜 가스파르를 못살게 구는지, 가스파르가 무슨 짓을 했는지 물었어요. 이유를 알고 싶었나 봐요. 당연하죠. 그런데 아줌마가 저를 위협하지는 않았어요."

"하지만 추궁받은 것 자체가 위협으로 느껴졌을 법

도 한데. 그랬니?"

"맞아요."

"그러면 엄마가 자식을 보호하려면 어떻게 해야겠니?"

"아줌마가 잘못했다는 뜻이 아니에요. 하지만……."

"하지만?"

말이 딸리자 안토니는 어깨만 으쓱했다.

"그래, 놔두자. 너는 아줌마한테 뭐라고 변명했니?"

사내가 물었다.

"아무 말도 안 했어요. 시선을 떨구지도 않았죠. 사과도 안 했어요. 아줌마가 우리 부모님께 이른다고 했을 때 마음대로 하라고 대들었어요. 어쨌든 우리 부모님은 제 편을 들 테니까요."

"정말이니?"

"물론이죠! 그날 저녁 아줌마가 우리 집으로 전화했어요. 전화로 우리 엄마랑 한참 얘기를 나눴는데 엄마는 전혀 모르는 상황이라. 젠장, 엄마가 전화를 휙 끊어 버렸어요. 그게 끝이에요."

"가스파르랑 네가 비열한 짓을 그만두었다는 뜻이야?"

"아니요, 그 반대죠! 제가 가스파르를 쫓아내기로 작정했거든요."

"쫓아내?"

"학교를 떠나도록 말이에요. 가스파르 엄마가 어쩔 수 없이 녀석을 다른 학교로 전학시키고, 그래서 녀석이 이곳을 뜰 때까지 들들 볶을 작정이었죠. 저는 주택 단지에서 쥐새끼 같은 녀석의 상판대기를 더는 보기 싫었거든요."

"그래서 둘이 하늘을 찌를 듯 싸웠군."

"네, 그래요. 점점 더 잔인해졌죠."

"잔인해? 어느 정도까지?"

"에이, 아시잖아요."

안토니를 죽여 버리겠어.

가스파르는 안토니와 갈등을 겪으면서 성적이 떨어
졌다. 도무지 공부에 집중이 안 됐다. 교실에서는 적의
눈길이 느껴졌다. 마음에 상처를 입어 얻은 불안감에,
다시 비수를 꽂으려고 노려보는 눈길이 더 해졌다. 쉬
는 시간에 안토니가 보이지 않으면, 혹시 뭔가 새로운
음모를 꾸미고 있을까 봐 불안했다. 집에 와서도 안토
니 생각을 떨칠 수 없었다. 가스파르의 엄마는 집단
괴롭힘을 막아 보려고 교장 선생님께 여러 해결 방법
들을 제시했다. 그 뒤로 상황은 좀 나아진 듯했다. 학

교 내에서 부당한 구타가 줄어들었기 때문이다. 또 가스파르가 학교에 들어서자마자, 혹은 주택 단지에서 안토니와 마주쳤을 때마다 안토니가 쏟아 내던 상상 밖의 욕설과 잔인한 구타가 사라졌다. 승리감에 젖은 가스파르는 반박도, 반항도 자제했다. 이렇게 마음을 다잡은 이유는 두려워서가 아니었다. 무기력, 아니 피로감 때문이었다.

이제 안토니는 가스파르를 때리거나 물리적인 장난을 치기보다, 온갖 협박을 하며 괴롭혀 댔다. 가스파르의 엄마는 경찰에 고소하고 싶은 마음이 굴뚝같았지만 감히 행동으로 옮기지 못했다. 낙심한 아들을 생각하고 또 아들을 지켜보며 자신이 겪은 우울증을 떠올리자, 경찰에 고소해서 아픈 상처를 들쑤시고 싶지 않았다.

괴로움으로 가득 찬 나날을 숱하게 보낸 어느 날 밤, 가스파르는 이 일을 매듭짓기로 다짐했다.

"안토니를 죽여 버리겠어."

갑자기 가스파르가 침대에서 벌떡 일어나 작은 소리였지만 단호하게 말했다.

그러고 나자 마음이 놓이는 듯, 가스파르는 침대에 누워 문제를 제거할 가장 효과적인 방법과 해결책을 궁리하다 스르르 잠들었다. 다음 날 아침, 눈을 뜬 가스파르는 마음을 새롭게 다잡았다. 그러고는 어떤 무기로, 언제 안토니를 헤칠지 결정했다. 이제 자신을 구할 자는 자신밖에 없다고 믿으며 극단적 행동을 실행할 일만 남겨 둔 것이다.

안토니는 가스파르한테서 돈을 빼앗으려 했다. 처음에는 사탕을 사 오라고 시켰다. 두 번째부터는 아예 현금을 요구했다. 가스파르는 이 일을 영원히 해결할 적절한 순간을 노렸다. 가스파르는 안토니한테 가진 돈을 모두 넘겨줄 테니 공터로 나오라고 했다. 수요일 오후 2시쯤이었다. 끊임없이 돈을 뜯어내던 안토니가 담장 옆에서 가스파르와 만났다.

"좋아, 돼지 저금통은 어쨌어?"

안토니가 말을 걸었다.

문득 안토니는 이상한 느낌이 들었다. 가스파르의 지친 눈빛에 생기가 돌고, 심지어 활활 타오르는 듯했기 때문이다. 안토니는 지금껏 가스파르를 고통 속으로 밀어 넣어 극심한 고뇌를 안겨 주었다. 왠지 두려움이 앞섰다. 혹시 너무 멀리 간 건 아닐까? 하지만 안토니는 그런 생각을 곧 떨치고, 자신이 가져갈 돈을 달라며 손을 내밀었다.

"갖고 왔어?"

안토니가 다그쳤다.

가스파르는 온몸을 파르르 떨었다. 그러다 숨을 몰아쉬더니 안토니의 눈알을 뽑을 듯한 기세로 노려봤다.

"어, 야! 진정해. 빈손이면 다시 시간을 줄게. 하지만 경고하는데 내일은……."

안토니는 말을 맺지 못했다. 가스파르가 안토니의 목덜미를 잡아채 말뚝에다 냅다 내팽개쳤기 때문이다.

가스파르는 한 손으로 안토니 목을 잡고 다른 손으로 재킷 주머니에서 부엌칼을 꺼냈다.

"야, 야, 너 미쳤어? 놔줘!"

안토니가 외쳤다.

"너를 죽여 버릴 거야. 알겠어? 너를 찌른다고. 진짜야!"

가스파르가 칼을 내보이더니, 가슴 위를 살짝 찔렀다. 안토니가 고통스러워하며 비명을 질렀다.

"그만해! 칼 내려놔. 아프단 말이야!"

안토니는 죽을지도 모른다는 생각으로 공포에 휩싸였다. 가스파르가 그토록 흥분한 모습은 처음 보았다. 안토니는 가스파르의 흉측하게 일그러진 얼굴에서 단호한 결심을 읽었다.

"제발 칼을 버려. 이러면 안 되잖아!"

안토니가 울먹였다.

"내가 얼마나 벼렸는데! 먼저 나한테 용서를 빌어. 네가 저지른 온갖 비열한 짓이랑, 우리 엄마한테 안겨 준 고통에 대해서. 어서 빌어!"

안토니는 선뜻 용서를 빌지 않았다. 그러나 중얼중얼 사과하더니, 눈물을 흘리며 애원했다.

"나 죽이지 않을 거지? 그런 짓은 안 하지? 제발. 앞으로 다신 괴롭히지 않을게. 제발 부탁이야."

가스파르는 안토니가 가여운 마음이 들었다. 하지만 이미 끝내기로 작정한 상태였다. 이제 이 칼끝을 비천한 몸뚱이에 깊이 찌르기만 하면 악몽은 순식간에 사라질 터였다. 간단해 보였다. 가스파르는 속으로 수천, 수백 번 되뇌었다. 끝을 내려면 흔들리거나 두려워해서는 안 되었다. 하지만 이상하게 몸이 말을 듣지 않았다. 칼 손잡이를 잡은 손이 뜨겁게 타오르는 듯했고, 머릿속이 뒤죽박죽 혼란스러웠다. 구토가 치밀었다. 공터로 들어섰을 때부터 꾹 참았던 구토가 목구멍에서 솟구쳤다. 가스파르는 저도 모르게 안토니의 목덜미를 스르르 놓았다. 이어 팔에도 힘이 빠졌다. 가스파르는 한 발짝 뒤로 물러서며 풀 속에 칼을 떨어뜨렸다. 안토니가 몸을 움츠리고 엉엉 울음을 터뜨렸다. 안토니는 겁먹은 아이에 불과했다. 학대자의 모습은 온데간데없었다. 가스파르는 머리를 절레절레 흔들다 뒤돌아서서 냅다 달아났다.

다섯 번째 이야기

증오여, 안녕

어쨌든 제 잘못은 아니에요. 가스파르가……

안토니는 그 사건을 떠올릴 때마다 간담이 서늘하다는 표현이 어떤 느낌인지 알 것 같았다. 이번에도 마음이 서늘해지다 못해 완전히 맥이 빠져, 돌처럼 굳은 채 대답마저 짧아졌다. 그러나 사내는 서둘러 끝낼 생각이 없었다. 그저 조용히 일어나 창문을 닫고, 평소 친구들과 수다 떨듯 편안히 얘기하라며 차분한 목소리로 북돋아 주었다.

"가스파르한테 겁주고 싶었니? 아니면, 너를 용서해 줘서 고맙다고 했니?"

"둘 다 아니에요. 그 사건에 완전 KO패 당했어요. 다리에 힘이 쭉 빠진 채로 집에 돌아갔다니까요. 글쎄, 뭐라 해야 할까……."

"얼이 빠졌지."

"맞아요. 그런 느낌이었어요. 어쨌든 녀석을 계속 괴롭히고 싶지 않았어요. 그만하면 됐어요. 끝. 모두 멈췄죠."

"그 지경에 이르러서야 그만둘 생각을 하다니."

사내는 창문 앞에서 팔짱을 끼고 서서 밖을 내다보며 깊은 생각에 잠겼다.

"그러게 말이에요."

안토니가 대답했다.

"안토니, 너도 언젠가 아이를 낳고 싶지? 가끔 아빠가 되는 상상을 해 보니?"

사내가 뒤돌아보며 묻자, 안토니가 씩 웃었다.

"당연하죠."

"아니, 당연하지 않아. 선택해야 하거든. 너는 언젠

가 아빠가 될 거라고 생각하지?"

"네, 저는 아이를 갖고 싶거든요."

"네 아들이 가스파르라면, 반에서 어떤 녀석의 밥이라는 사실을 알게 되면 넌 어떻게 하겠니?"

"녀석을 완전히 박살 내겠죠. 녀석의 아버지를 찾아가서 보상을 요구할 거예요."

안토니가 주먹을 불끈 쥐었다.

"또 싸움이군."

"아니, 아니에요. 먼저 차분히 일을 처리할 거예요. 공손하게."

"좋아. 반대로 네 아들이 친구를 괴롭힌다는 사실을 다른 아빠나 엄마, 선생님한테서 듣게 되면 어떻겠니?"

안토니는 살짝 인상을 찌푸렸다.

"짜증 날 것 같아요. 이럴 때는 어떻게 해야 할지 모르겠어요. 저는 아직 철이 없어서 뭐라 할 말이 없네요."

사내가 피식 웃었다.

"놓칠 뻔한 사실을 네가 일깨워 주는구나. 어린애는 책임감을 보이기 전에 우선 배우고 이해해야 하지. 그렇지?"

안토니는 속뜻을 눈치챘지만, 모르는 척했다.

"이렇게 이야기를 나누면서 뭔가 깨달은 게 있겠지?"

사내가 물었다.

"아, 네. 맞아요!"

사내의 얼굴이 어두워졌다.

"하지만 얘기는 아직 끝나지 않았잖니. 자, 끝까지 해 볼래?"

안토니의 안색이 약간 창백해졌다.

"꼭 해야 하나요?"

"안타깝게도 기계가 한번 돌기 시작하면 갑자기 멈출 수 없고, 멈춰서도 안 된단다."

"잠깐만요. 어쨌든 제 잘못은 아니에요, 가스파르가……."

안토니는 말을 멈추고 상대방을 가만히 바라보았다. 사내한테서 서글픔이 느껴졌다. 시간을 낭비했음을 깨달은 사내의 실망감, 아니 낙담을 느낄 수 있었다.

"저는 이런 일이 생기길 바라지 않았어요. 맹세해요. 진짜 원하지 않았어요."

안토니가 가슴을 움켜잡으며 변명했다.

"알아. 하지만 너도 가스파르를 없애고 싶었다고 말했잖니. 결국, 일을 저질렀고."

안토니는 어깨를 으쓱했지만, 갈수록 안절부절못했다. 한마디 할 때마다 압축기로 신경을 조이는 듯 아픔이 느껴졌다.

이건 내 인생이야.

살인에 실패한 가스파르는 집으로 돌아와 방문을 걸어 잠갔다. 그렇게 방에 틀어박힌 채 침대에 벌러덩 누워 베개 밑에 머리를 쑤셔 박았다. 울지는 않았지만 금방이라도 죽을 것만 같았다. 가스파르는 돌연 손으로 침대를 쾅쾅 두드리며 비명을 질렀다.

"지긋지긋해! 질렸어! 질렸다고!"

가스파르는 침대에 앉아 상황을 되짚어 보았다. 결과는 미쳐 버릴 정도로 참담했다.

"나는 비열해. 비겁한 놈. 난 무능해. 개망나니가 옳았어. 난 벌레만도 못한 놈이야."

가스파르는 급기야 이전에 누린 소소한 행복까지도 저주를 퍼부었다. 저주는 가장 먼저 조개껍데기를 수집한 일에 쏟아졌다. 머리끝까지 분노가 치민 가스파르는 벽장으로 달려가, 그토록 소중히 여기던 삿갓조개들을 손으로 쓸어 버렸다. 그러고는 자신을 향한 증오로 비명을 지르며, 보물처럼 여기던 조개껍데기를 발로 짓밟았다.

가스파르는 눈물범벅된 채 침대로 돌아왔다.

'이제 어떻게 하지?'

내일 학교에 가야 한다는 생각만으로도 공포가 밀려와 숨이 탁 막혔다. 선택의 여지가 없었다. 또 학교에 가서 그 망나니를 만나, 두려움과 고통으로 가득한 하루를 맛봐야 했다. 그 뒤로도 하루, 또 하루, 다시 또 하루를……

"안 돼!"

가스파르는 두 손으로 머리를 감싸며 비명을 질렀다.

그곳에서 벗어나야 했다. 고통스러운 삶에서. 희망도, 미래도, 의욕도 사라지자 뜻밖에 마음이 평온해졌다. 가스파르는 이 일을 어떻게 끝내야 할지 문득 깨달았다. 다정한 엄마의 얼굴이 아른거렸지만, 곧 고개를 가로저었다.

'아냐. 이건 내 인생이야. 엄마의 인생이 아니라고.'

가스파르는 자리에서 일어났다. 방 안을 잠시 휘 둘러본 뒤, 탁자에 놓인 자명종 시계를 보며 시간을 확인했다. 서둘러야 했다. 곧 엄마가 직장에서 돌아올 시간이었다. 엄마는 가스파르 걱정에 집에 일찍 오려고 애썼다. 가스파르는 결심한 듯 곧바로 행동에 옮겼다. 먼저 침대를 들추고 파란색 침대보를 잡아당겨 찢었다. 하지만 힘에 부쳐 침대보가 찢기지 않자, 가위로 조각조각 잘랐다. 그러고는 탈옥수나 가출 청소년이 하듯이 조각을 이어서 긴 끈을 만들었다. 물론 달아나기 위해서가 아니었다. 대신……

생각이 정리되자, 가스파르는 끈을 단단히 묶을 곳

을 찾았다. 방전등은 높이 달려 있고 약했다. 거실 등도 마찬가지였다.

"그래, 계단이야!"

가스파르는 이렇게 외치고, 끈을 질질 끌며 서둘러 방을 나섰다. 한껏 흥분되어 가쁜 숨을 몰아쉬며 계단 난간 맨 윗부분에 끈을 묶었다. 가스파르는 끈을 현관으로 늘어뜨려 놓고, 계단을 내려가 끈 아래에 의자를 놓았다. 그러고는 의자에 올라 끈을 목에 감았다. 가스파르는 잠시 숨을 몰아쉰 뒤 망설임 없이 끈에 온 힘을 실었다.

가스파르와 안토니

"이제 가야 할 시간이구나. 괜찮지?"

사내는 넥타이를 고쳐 매고 물었다.

안토니는 괜찮다는 표시로 자리에서 일어섰다. 안토니가 사무실을 나서려다 말고 잠시 머뭇거렸다. 사내가 안토니를 바라봤다.

"할 말 있니?"

안토니는 한동안 말이 없었다. 크게 감동한 듯했다.

"잘 해결될 거야. 나를 믿어. 그리고 너만 좋다면 나를 다시 보러 와도 된단다. 그러라고 내가 여기 있는 거란다. 이게 내 일이니까."

사내가 안토니를 다독였다.

"네, 알아요. 감사해요, 선생님."

사내가 안토니의 어깨에 팔을 두르고 함께 밖으로 나갔다. 사내는 문득 잊고 나온 게 떠올랐다.

"아, 가운! 별로 깨끗하지는 않지만 병원에서는 필수거든."

문 뒤에 놓인 옷걸이에 가운이 걸려 있었다. 사내는 차분히 가운을 집어 들었다. 왼쪽 주머니 위에 '심리 상담사 부루노 레스'라는 명찰이 붙어 있었다. 사내와 안토니는 아무 말 없이 길게 뻗은 복도로 나가 엘리베이터를 탔다. 두 층 위에서 내린 두 사람은 외상 치료실로 향했다. 커피 머신과 안락의자가 있는 안내 센터에서 가스파르의 엄마와 만났다.

"안녕하세요, 튀르팽 부인. 어떻게 지내셨어요?"

상담사가 인사를 건넸다.

"좀 나아졌어요. 감사해요."

가스파르의 엄마는 안토니에게 눈길을 주지 않고 발만 쳐다보았다.

"안토니가 가스파르를 보러 가도 될까요?"

가스파르의 엄마가 허락했다. 억지로, 마지못해 허락하는 기색이었다. 가스파르의 엄마는 아들을 학대한 아이에게 훌쩍이는 모습을 보이고 싶지 않은 듯 눈물을 삼켰다. 상담사가 안토니를 방으로 안내했다.

"아무도 안 들어갈 거야. 준비됐니?"

상담사가 다시 물었다.

"들어갈래요."

안토니가 헛기침을 하며 기어들어 가는 목소리로 대답했다.

"좋아. 나랑 가스파르 어머니는 로비에서 기다릴게. 여유 있게 충분히 시간 보내렴."

안토니가 손잡이를 돌렸다. 안으로 들어간 안토니는 고개를 푹 숙인 채 조용히 문을 닫았다. 안토니가 뒤돌아섰다. 가스파르는 큰 베개를 베고 배까지 얇은 이

불을 덮은 채 눈을 감고 누워 있었다. 목뼈를 고정시키는 경추 보호대가 머리를 똑바로 지탱해 줬다. 안토니는 침대와 거리를 두고 우두커니 서 있었다. 마치 시체가 누워 있는 침대 앞에 선 듯, 두려움이 몰려왔다.

"가스파르?"

망설이던 안토니가 이름을 조용히 불렀다.

가스파르가 눈을 떴다.

"안녕."

가스파르는 방문객을 알아본 듯 짧게 인사를 건넸다.

"안녕? 자고 있었어?"

"꿈을 꿨어."

"설마 내 꿈은 아니겠지."

가스파르가 등에 베개를 대고 몸을 일으켰다.

"가까이 와. 앉고 싶으면 옆에 앉아."

"아니, 아니야. 이대로가 좋아. 그냥 서 있을게."

안토니가 침대로 바짝 다가와 머뭇머뭇 손을 내밀었다. 가스파르가 손끝으로 안토니의 손을 잡았다. 어색함이 흘렀다. 방문객 안토니가 어색함을 깨고 입을 열었다.

"많이 아파?"

"아니. 살짝 삐고 몇 군데 멍들었어. 목에 두른 보호대는 그냥 예방 차원이야. 갑갑해 죽겠어. 특히 간지러워서 긁고 싶을 때는. 하지만 뭐……."

"이해해. 너는 운이 좋았어."

"의사 선생님 말씀이 간발의 차이였대."

다시 침묵이 흘렀다. 문득 이상한 감정이 안토니에게 밀려들었다.

"미안해, 가스파르."

안토니가 고개를 숙이며 사과했다.

가스파르는 당황스러운 표정으로 안토니를 바라봤다. 가스파르는 가해자 안토니가 방문할 거라는 소식을 들었다. 하지만 자기를 찾아와서 이렇게 안절부절 못할 줄은 상상도 못 했다. 상담사에게 안토니의 방문을 허락하면서도, 안토니가 와서 조롱하고 비웃을 거라고 지레짐작했다. 잔인한 애들이 늘 그렇듯이.

"실은 너한테 줄 게 있어."

안토니가 이렇게 말하고, 체육복 주머니에서 어색한 듯 뭔가를 꺼냈다. 알록달록한 포장지로 싼 선물 상자였다.

"어, 고마워. 뭐야?"

"한번 열어 봐."

조심조심 포장지를 뜯은 가스파르는 선물을 보고 깜짝 놀랐다. 상자 안에 갈색 무늬가 새겨진 멋진 삿갓조개 껍데기가 들어 있었다.

"이런, 기대 이상인데. 우아, 멋지다! 이런 조개껍데기는 본 적이 없어. 고마워, 안토니."

둘은 다시 두 손을 굳게 맞잡았다.

상담사는 편한 곳에서 가스파르 엄마한테 안토니와 나눈 대화 내용을 간략히 전해 주었다. 그런 뒤 분노와 상처로 마음이 찢긴 엄마의 이야기를 오랫동안 귀

기울여 들었다.

어느새 십여 분이 훌쩍 흘렀는데도 안토니가 나오지 않았다. 상담사는 가스파르의 엄마가 불안해하자 함께 가 보겠느냐고 물었다.

"네, 둘이 뭘 하는지 가 봐야겠어요. 제가 그 녀석을 우리 아들이랑 단둘이 두는 건 경솔한 짓이라고 말했잖아요."

"별일 없겠지만 함께 가 보시죠."

두 사람이 막 일어서려는 순간, 두 소년이 로비에 모습을 드러냈다. 목에 보호대를 두르고 환자복을 입은 가스파르가 안토니의 부축을 받으며 걸어 나왔다. 둘 다 얼굴에 환한 미소가 번졌다. 둘은 긴 이야기를 나눈 뒤 지저분한 사건을 마무리하고 둘만의 비밀로 간직하기로 약속했다. 가스파르와 안토니는 주먹을 맞대고 이렇게 외쳤다.

"증오여, 안녕!"

우리 아이들은 인격이 형성되는 시기에 여러 친구를 만나죠. 누구와 인연을 맺느냐에 따라, 내면에 변화를 겪기도 해요. 그 변화 때문에 아이들은 우리가 바라던 모습대로 성장하지 못할 수도 있어요. 아이들은 마음속에 여러 악연을 비밀리에 담아 두고, 상처를 지닌 채 살아간답니다. 때로는 삶이 지옥일 수 있어요.

본 사람들, 못 본 척하는 사람들, 못 들은 척하는 사람들 모두에게.

이 이야기를 스쳐 지나가는 얘기로 만들어 버린 모든 이들에게.

저는 날마다 그 애한테 아들을 데려갔어요. 활기찬 하루를 바라는 마음이었죠. 줄리앙이 어제와 다름없는 하루를 버거워할 줄은 꿈에도 몰랐어요. 모든 일이 10월에 일어났어요. 오히려 개학 날은 별 탈 없이 지나갔어요. 줄리앙은 중학생이 된 걸 자랑스러워했어요. 학교에서 새 친구들을 만난다며 들떠 있었죠.

"새로운 친구들이 왔어요!"

그때 줄리앙이 말한 '새로운'이라는 단어가 엄청난 불행을 불러올 줄은 꿈에도 몰랐지요.

"학교에 나를 싫어하는 애들이 좀 있어요."

한 달 내내, 학교 정문을 나설 때마다 줄리앙이 말했어요.

그러면 저는 끊임없이 애를 달랬죠.

"애들이 너를 안 좋아하면 스스로 곰곰이 생각해 보고, 행동을 바꿔 봐. 그러면 애들이 너랑 뭐가 다른지 알게 될 거야. 사랑받으려면 서로 사랑하는 법을 배워야 하거든."

저는 줄리앙이 고백할 틈을 주지 않았어요. 온화한 미소를 머금고 우리 집 벽에 걸린 문구만 들먹였죠. '내가 변하면 온 세상이 변한다.' 일본을 여행할 때 알게 된 문구죠. 자주 읽던 문구니까 이제 줄리앙도 한 번 실천해 보라며 웃어 주었어요. 저는 아들의 호소에 귀를 막았어요. 한술 더 떠 아들을 설득하려 들었죠.

줄리앙은 언제나 교실에서 가장 늦게 나왔어요. 나중에서야 그 애가 먼저 나간 뒤에 줄리앙이 나왔다는 사실을 알았죠.

"너 또 꼴찌로 나왔지? 좀 서둘러 나올 수 없어?"

저는 아들을 쳐다보며 매번 교문에서 투덜거렸죠. 줄리앙은 창피해서 그랬는지 늘 입을 꾹 다물고 태연한 척했죠.

이때가 줄리앙의 두 번째 호소였는데…….

줄리앙은 가끔 가방에 흙을 잔뜩 묻혀 왔어요. 심지어 가방이 너덜너덜한 적도 있었어요. 그래서 제가 물었죠.

"물건 좀 깨끗하게 쓸 수 없니? 이제 다 컸잖아!"

줄리앙 가방에 남은 흔적이 바로 그 애가 계단이나 복도에서 밀어서 생긴 흔적이라는 사실을 나중에서야 알았어요.

줄리앙은 차츰 말수가 줄어들었어요. 대꾸도 안 하고 제가 지적을 하면 그냥 정신력으로 꿋꿋이 참아 냈어요. 침묵만이 줄리앙의 유일한 친구이자 안식처인 듯했죠. 줄리앙은 제가 받아 주지 않을까 봐 두려워한 거예요. 그래서 공포감을 떨치려고 틈만 나면 책을 읽었어요. 이것이 줄리앙의 세 번째 호소였어요.

어느 날 줄리앙의 신발이 만신창이가 되었어요. 그걸 보고 제가 신발을 신고 벗을 때 제발 조심하라며 벌컥 화를 냈죠. 그랬더니 줄리앙이 말없이 저를 빤히 쳐다봤어요. 일이 터진 뒤에야 그 애가 온종일 줄리앙의 신발을 빼앗아 신고 다닌 사실을 알았죠. 우리 아들은 노예처럼 맨발로 걸어 다녔고요. 그 일을 떠올릴 때마다 가슴이 무너져 내려요. 이것이 줄리앙의 네 번째로 호소였어요.

저는 그 애가 줄리앙한테 가한 폭력을 어디에서 배웠는지 궁금해요. 친구가 순진하고 겁먹은 눈길이라

폭력성이 더 커졌을까요? 그 애는 밤마다 잠자리에 들기 전, 아침에 등교하기 전에 주먹을 휘둘러야겠다고 다짐했을까요? 아니면 몽상가 줄리앙을 볼 때마다 때맞춰 주먹을 휘두르고 싶어졌을까요? 저는 쉴 새 없이 질문을 던져 봤지만 해답을 찾지 못했어요. 폭력을 행사하는 애들의 전투 방식을 도무지 공감할 수 없어서 체념해 버렸죠. 주먹을 휘두르는 전투 방식은 정말 단순해요.

'이번 단계에서 반응이 없으면 다음 단계로 수위를 높인다.'

폭력적인 애들은 어쩜 그렇게 양심의 가책도 못 느낄까요? 그냥 저들의 사고방식이 유치하다고 생각하는 게 편해요.

줄리앙은 줄곧 더 나은 세계를 꿈꿨어요. 선생님은 줄리앙을 보면 시인 베를렌느가 떠오른다고 했어요. 줄리앙은 꿈을 꿀수록 다른 세계에 빠져들었죠. 줄리앙은 꿈속 세계가 실현 불가능한 세상임을 깨닫고 결국 분노하고 말았어요.

"너는 쓰레기야. 우리 사회에서 찌꺼기라고. 너는 아무 쓸모도 없어."

160일이라는 기나긴 날 동안, 그 애는 그런 말로 줄리앙을 계속 괴롭혔고 폭력의 단계를 높여 갔어요.

줄리앙은 160일 만에 자신이 그런 존재라고 믿어 버렸죠. 줄리앙이 반항하지 않자 그 애는 더 심하게, 좀 더 심하게, 계속 수위를 높였어요.

"너희 엄마는 창녀야!"

그 애는 줄리앙한테 이 말을 되풀이하며 놀렸어요. 그러면 줄리앙이 분명 대들 줄 알았지만 줄리앙은 빌미를 제공하지 않았어요. 이게 바로 줄리앙의 힘이죠!

하지만 줄리앙도 더는 참을 수 없었어요. 마지막 호소도 하지 않았어요. 그 애는 줄리앙의 소지품을 부수고, 끊임없이 조롱거리로 만들어 줄리앙의 자존감을 무너뜨렸어요. 그 애는 줄리앙한테 육체적 고통을 가했고, 더 나아가 가족들까지 처참히 모욕했어요.

정신적 고통은 줄리앙을 감싸 주던 보호막을 무너 뜨렸어요. 고통은 줄리앙의 내면을 야금야금 갉아먹어, 하루하루 비참하게 만들었어요. 부정적인 언어로 생긴 심리적 고통은 사람을 초췌하게 만들어요. 부정적인 말들은 여러분 마음속에 커다란 싱크홀을 만든 뒤, 여러분을 차츰 집어삼켜요. 꿈의 세계는 차츰 악몽으로 뒤바뀌어 밤마다 심각한 우울증에 시달릴 테고요. 줄리앙도 잠을 제대로 이루지 못했어요. 밤마다 악몽에 시달려 몇 번이나 괴성을 지르며 깨어났죠. 그러고는 울음을 터뜨리곤 했어요.

가장 끔찍했던 날은…….

금요일 저녁이었어요.

줄리앙은 학교에서 차분한 모습으로 돌아왔어요. 그런 일이 터지리라고는 꿈에도 생각 못 했죠. 줄리앙이 현관문을 잠그고 괴성을 지르며 울기 시작했어요.

"이제 더는 살고 싶지 않아! 세상에 관심도 없어. 이 세상도 나한테 더는 관심이 없다고!"

줄리앙의 울음소리가 아직도 제 마음에 생생하게 울려 퍼져 견딜 수가 없어요. 저는 어이가 없어서 줄리앙을 바라보며 달래 봤지만, 도통 제 말을 듣지 않았어요. 눈빛이 초점을 잃어 갔죠. 무슨 얘기를 해도, 무슨 충고를 해도, 아무 소용이 없었어요. 제 말을 전혀 듣지 않았어요. 제가 자신의 호소에 귀를 막지 않도록, 제가 아들을 이해하도록 미친 듯이 외친 듯해요.

곧이어 줄리앙은 방으로 들어가 문을 쾅 닫고 저를 쳐다보지도 않았어요.

"엄마도 보기 싫어요!"

저는 실의에 빠져 어찌할 바를 몰랐어요. 그저 소파에 털썩 주저앉아서, 줄리앙이 내뱉은 심한 말 뒤에 어떤 뜻이 숨겨 있을까 곰곰이 생각했어요.

한참 뒤에야 제가 줄리앙을 이해하지 못하고, 줄리앙의 말에 담긴 속뜻을 읽지 못해 저를 원망한다는 걸 깨달았어요. 저는 줄리앙의 마음을 달래 줄 말을 찾고 또 찾았어요. 그런 말을 찾아봤자 아무 도움이 되지 않는다는 걸 몇 달 동안 겪어서 아는데도 말이에요.

순간 제가 왜 벌떡 일어나 줄리앙의 방으로 갔는지 지금도 모르겠어요. 아마 엄마의 직감 때문이었겠죠. 그곳에서 저는 끔찍한 광경을 목격했어요. 제 아들이 조립식 침대에 목을 매려는 광경을……

줄리앙과 저는 많은 이야기를 나누며 같이 펑펑 울었어요. 저는 해결책을 찾아보려 했어요. 하지만 아무리 뛰어난 엄마라도 세상을 바꾸거나 더 나은 세상을 만들 힘은 없어요. 이 점은 줄리앙도 잘 알아요. 그래서 며칠 뒤 어느 날 저녁, 제가 식사를 준비하는 동안 줄리앙이 다시…… 시도를 했어요. 이번에는 허리띠로. 저는 의자가 '꽈당' 하고 떨어지는 소리를 듣자마자 달려갔죠.

절망에 빠진 엄마의 무능력을 절감한 순간이었어요. 제 말은 줄리앙을 위로하지 못했어요. 저는 아무 쓸모가 없었죠. 아들은 고통에 시달렸고 악에 맞서

싸울 해결책을 찾지 못해 괴로워했죠. 줄리앙은 분명 이렇게 말했을 거예요.

"엄마는 지금까지 아무 일도 안 했어요. 저한테는 전혀 도움이 안 돼요."

너무 힘들었어요. 하지만 저는 계속 얘기하고, 또 했어요. 줄리앙이 마음을 다잡아 간다고 느껴질 때까지, 그래서 실낱 같은 희망이 줄리앙의 마음속에 솟아날 때까지 달래고 달랬어요. 저는 줄리앙과 매일 밤을 함께 보냈어요. 저는 주말마다 상상했어요. 월요일이 되면 학교로 가서, 그 애보고 줄리앙한테 가했던 폭력을 멈추라고 말하는 상상을요. 또 이런 생각도 했죠.

'이틀만 지나면 줄리앙은 자유로워져서, 명랑하고 행복하게 학교생활을 할 거야.'

줄리앙은 다른 아이들과 다른 감수성을 지녔다는 것을 왜 깨닫지 못했을까요!

월요일에 저는 학교 정문에서 그 애를 봤어요. 머릿속으로 수없이 되풀이했는데도 그 애와 마주하기가 힘들었어요. 제가 그 애 곁으로 다가가 차분하게 물었어요.

"나랑 얘기 좀 할래?"

그 애 대답을 듣지도 않고 덧붙여 말했어요.

"네가 감히 줄리앙한테 그런 짓을 할 권리가 있어? 인간은 존중받을 권리가 있다고. 너희 부모님을 좀 만나야겠다!"

"저는 제 맘대로 해요!"

그 애는 툭 이 말만 내뱉고는 저만치 달아났어요.

그 뒤로 모든 일이 계속되었죠. 줄리앙은 1년을 힘들게 버텼어요. 저는 줄리앙한테 이런 얘기를 되풀이해요.

"있지, 그 애가 진 거야. 니체가 이렇게 말했어. '너를 죽이지 못하는 것은 너를 더욱 강하게 만든다.' 그러니까 너는 지금 훨씬 강해진 거야. 엄마 말을 믿어!"

이 말이 줄리앙한테 위로가 되었는지는 모르지만, 줄리앙이 혼자가 아니라는 사실을 일깨워 주었어요.

저는 줄리앙이 지옥에서 벗어날 방법을 기를 쓰고 찾기 시작했고요. 그 애의 엄마가 옆에서 자기 아들을 지켜봤죠. 그 애의 엄마도 결국 인정했어요. 자기 엄마도 인정했다는 사실을 그 애가 아는 것이 중요하다고 생각해요.

그 뒤로 저는 아들한테 사랑을 듬뿍 주며 온갖 시도를 했어요. 줄리앙이 자살 충동에서 벗어나도록, 이런 일이 저뿐 아니라 남들한테도 절대 일어나지 않도록 말이죠.

이제 저는 알아요. 물론 줄리앙도 알고 있죠. "네가 울부짖지 않으면 네가 아프다는 사실을 아무도 믿지 않는다.(앙리 드 몽테를랑)"는 사실을요. 줄리앙이 한마디 하고 싶어 하네요.

"그리고 악의는 자라지 않게 해야 해요!"

제 증언은 여기까지지만 줄리앙의 얘기는 아직 끝나지 않았다는 사실을 잊지 마세요. 마음에 심각한 상처를 남긴 경험에서 무사히 벗어날 수 있는 사람은 아무도 없어요. 줄리앙은 자살 시도를 해서 2012년 2월에 병원에 입원했었죠.

엄마로서의 싸움은 계속되고 있어요. 우리 사회가 지닌 지금 모습 그대로, 줄리앙이 우리 사회를 믿을 수 있도록 말이에요. 줄리앙도 이 사회의 일원이니까요. 부모들끼리도 아이들에게 필요한 지혜나 안정감을 공유해야 해요. 제가 이 증언을 허심탄회하게 기록한 이유가 바로 여기에 있어요. 우리가 겪은 일, 때로는 우리가 저지른 행동에 대한 짧은 기록이죠. 각자 여유를 가지고 주위를 살펴, 잘못된 길로 들어섰거나 물에 빠져 허우적대는 아이들에게 손을 내밀도록 해요. 서로 시간을 내어 대화를 나눕시다! 이런 나눔이 누군가에게 긍정을 일깨우고, 타인에 대한 관심을 불러일으킨다면, 이것이 바로 승리가 아닐까요? 이런 일이야말로, 인간다운 모습과 더불어 더 나은 인류를 보존하기 위해 우리가 전수해야 할 일이랍니다.

자클린 플랑

더는 스쳐 지나가는 일이 되지 않기를

가슴이 아프다. 얼마 전 지인의 아들이 학교 폭력 때문에 힘든 일들을 당한 뒤라, 이 글과 자클린의 증언은 내 마음속에 더 큰 울림을 주었다. 학교 폭력이 끼치는 피해는 학생들의 문제만으로 끝나지 않는다. 군대라는 테두리 안에서 폭력을 행사하고 폭력을 당하는 일이 고스란히 재현되는게 현실이다. 학교 폭력을 아이들만의 문제로 덮어 버릴 수 없는 이유다.

작가는 자클린의 증언을 바탕으로 가해 학생과 피해 학생, 두 아이의 입장에서 글을 서술했다. 여기에서 우리가 주목해야 할 점은 가해자든 피해자든 둘 다 미성숙한 인격체라는 점이다. 가해 학생 안토니는 장난의 범위가 어디까지인지 제대로 의식하지 못하고 지냈던 학생이다. 반면 가스파르는 전학생에다 허약해 보이는 외모 때문에 트집 잡혀, 가해 학생의 표적이된다. 이 둘에게 왜 가해 학생이 되었느냐, 혹은 왜 피해 학생이 되었느냐고 따지듯 묻는 것은 이들에게 또다른 상처를 안겨 줄 뿐이다. 상담사가 그랬듯이 둘의이야기를 들어 주고, 이들이 깨닫지 못한 잘못을 스스로 알아 가도록 이끌어 줄 지혜로운 안내자나 멘토가 필요하다.

대학에서 20년째 강의를 하는 역자도 가끔 해마다변해 가는 학생들의 반응이나 행동을 보며 깜짝깜짝놀랄 때가 한두 번이 아니다. 그러나 당황스러운 행동을 하는 학생들의 내면을 들여다보면, 그 속에 아직자리 잡지 못한 흔들리는 정체성이 엿보인다. 그 학생들과 이런저런 이야기를 나누다 보면, 스스로 문제점을 찾아 고쳐 보려 하는 모습을 만날 수 있다. 또 자신의 이야기를 들어 주는 것만으로도 많은 치유가 되었다고 고백하기도 한다. 다 컸다고 생각하는 대학생들도 이처럼 아파하며 청춘을 보내는데, 인생의 꽃을 막 피우려는 사춘기 중학생들의 삶은 얼마나 아프고 힘들겠는가? 어른들은 "우리도 다 겪었고, 다 그랬어."라는 말로 학생들의 입을 막아 버리려 한다. 우리도 다 겪었고, 다 그랬던 시절을 보냈으니, 자클린이 앞서 말했듯 어른들이 아이들을 위해 지혜를 모아야 할 때다. 아이들을 섣불리 가해자, 피해자로 규정짓지 말고, 가스파르와 안토니처럼 서로 이해하고 다시 손을 맞잡을 수 있도록 이끌 방법을 함께 찾으면 좋겠다. 이 책을 통해서, 자클린이 짚어 준 것처럼, 학교 폭력이 더는 스쳐 지나가는 이야기가 되지 않기를 간절히 바라는 마음이다.

곽노경